Collection dirigée par **Olivier JAOUI** et **Nicolas COPPENS**

→ mission GRAND ORAL

Maths
Physique Chimie

Olivier JAOUI
Expert de la prise de parole en public et des entretiens
Intervenant dans les lycées pour la préparation au Grand oral
Fondateur de Mission-Admission.fr

Nicolas COPPENS
Professeur agrégé de Physique-Chimie
Docteur en didactique
Formateur dans les lycées pour le Grand oral

Pierre-Antoine DESROUSSEAUX
Professeur agrégé et docteur en Mathématiques

Nathan

Direction éditoriale : Raphaëlle Mourey
Coordination éditoriale et édition : Julie Langlais, Marie-Pierre Lowys
Conception graphique intérieure et couverture : Élise Launay
Composition : Fabienne Grain
Schémas : Coredoc
Illustrations : Vincent Bergier
Fabrication : Kévin Magar

Les éditions Nathan et les auteurs remercient Claire Lingenheim-Lavelle, professeure d'histoire-géographie et d'histoire des arts, pour sa relecture du sujet complet sur la grotte Chauvet.

Merci également à Jérôme Bénilouz pour les podcasts d'exercices et à Avi Jaoui pour sa relecture attentive.

Nous remercions enfin, pour la réalisation des supports : Camille, Elina, Julie, Laurence, Maria, Stéphane et Thémis.

SOMMAIRE

LISTE *des ressources*

à découvrir sur l'application **Nathan Live !**
ou à télécharger sur **mission-grand-oral.nathan.fr**

Des ressources supplémentaires signalées par ce picto

VIDÉOS

- Présentation commentée du Grand Oral
- Votre préparation de l'exposé vous mettra en confiance
- Choisissez deux questions qui vous intéressent
- Comment formuler vos deux questions
- Remettez un support au jury
- Montrez au jury que vous avez travaillé
- Dédramatisez la prise de parole en public
- Entraînez-vous à la prise de parole en public
- Engagez-vous et dites *Je*
- Adressez-vous au jury
- Faites une bonne première impression
- Variez votre manière de parler
- Faites des pauses
- Bafouillements et tics de langage
- Le non verbal 1 - Votre sourire
- Le non verbal 2 - Votre regard
- Le non verbal 3 - Vos mains parlent
- Le non verbal 4 - Les gestes parasites
- Debout pendant l'exposé
- Exercice : *Et si vous étiez un... ou une...*
- Exercices amusants de prononciation
- Exercices simples pour varier votre manière de parler
- Exercices de prise de parole
- Exercice : *Et si vous parliez de vous ?*
- Respectez la règle des cinq minutes
- Annoncez votre conclusion et réussissez votre sortie
- Comment choisir un sujet ?
- Assis(e) pendant la discussion
- Comment vous entraîner au Grand oral
- Votre « check-list » la veille du Grand oral

PODCASTS

- Exercices sur la discussion du Grand oral
- Exercices sur la diction
- Exercices sur le non verbal
- Exercices sur l'orientation
- Exposés oraux de tous les sujets complets

SITES INTERNET

- Tous les sites Internet cités dans les pages de ce livre sont accessibles directement *via* **Nathan Live !**

Et aussi...

→ **Toutes les pages « À vous de jouer »** à imprimer et à compléter
→ **Les exemples de supports** à imprimer
→ **Des exemples supplémentaires** de questions possibles
→ **Des exemples de réponses** aux questions du jury

L'appli Nathan live! Comment y accéder ?

1. **Téléchargez l'application gratuite Nathan live** disponible sur tous les stores sur votre smartphone ou votre tablette
2. **Flashez** les pages de l'ouvrage en plaçant votre appareil au-dessus de la page.
3. **Accédez** directement à la ressource disponible !

MODE D'EMPLOI

› Comment ce livre va vous aider à réussir votre Grand oral

Pour chaque **étape** de votre préparation, vous trouverez des **conseils simples** et **efficaces**, accompagnés systématiquement d'**exemples** en **Mathématiques** et en **Physique-Chimie**.

PARTIE 1

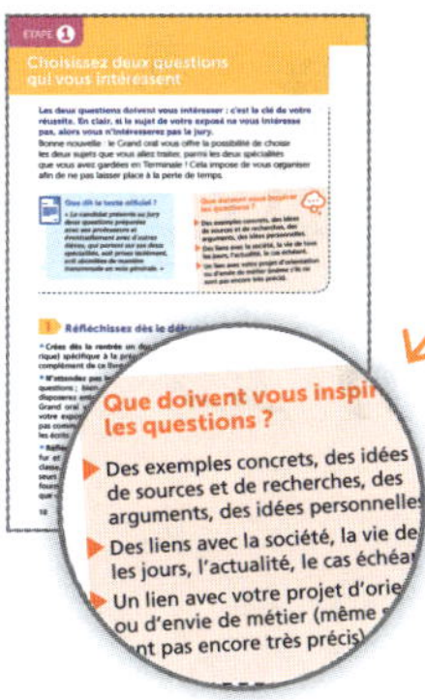

Beaucoup de **conseils pratiques**, des **astuces** pour **choisir ses questions**, préparer son **exposé** et anticiper la **discussion** avec le jury

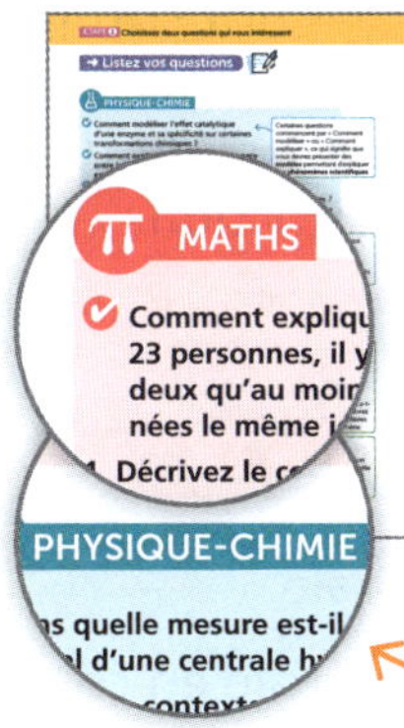

Des pages pour vous **exercer**

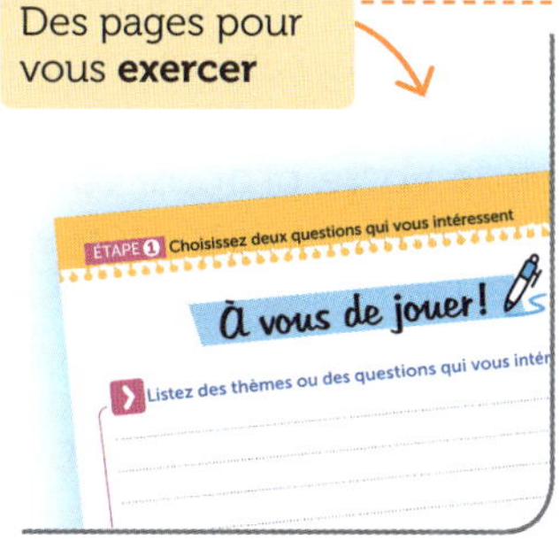

Avec des exemples de **questions** en Mathématiques et en Physique-Chimie

PARTIE 2

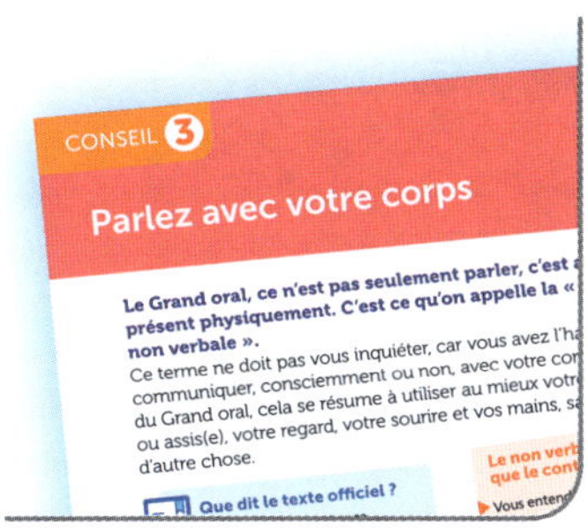

Des **conseils** pour vous mettre en **confiance** et vous entraîner aux **techniques de l'oral**

Des **exercices simples** et **progressifs** pour vous entraîner pour le **jour J**

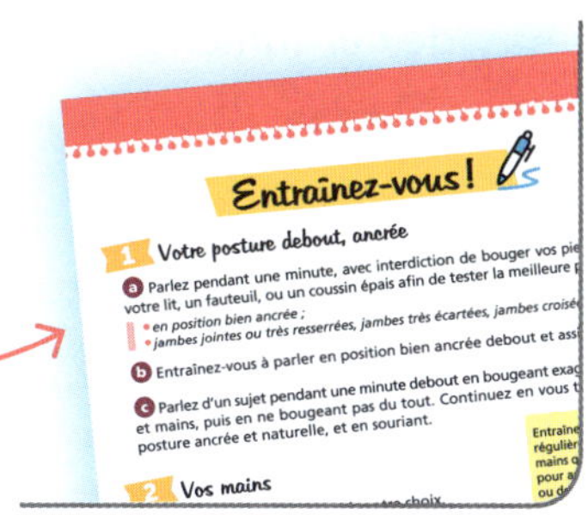

PARTIE 3

Le **podcast** de chaque sujet sur Nathan Live !

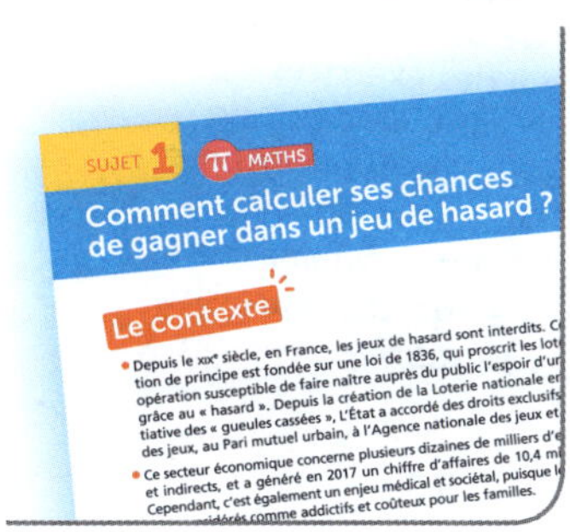

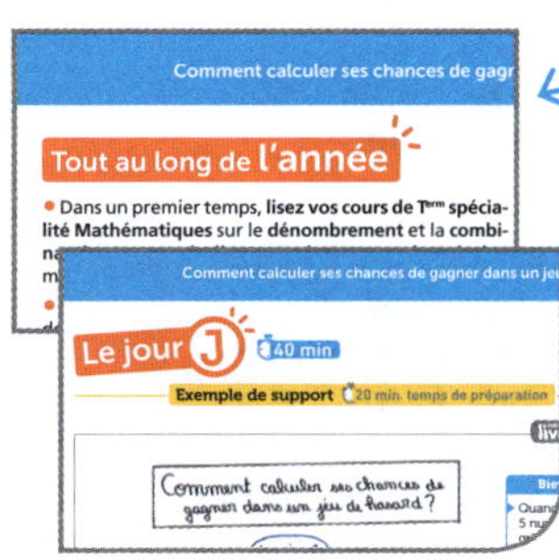

- Des modèles de **questions rédigées** et **commentées** pour bien vous préparer **toute l'année** et **assurer le jour J**
- Avec **des ressources, des fiches métiers, des supports, des exposés oraux commentés et des exemples de questions du jury**

› Comment se déroule l'épreuve

Notation

Bac général coef. 10

› Le jury valorise la solidité de vos connaissances, votre capacité à argumenter et à relier les savoirs, votre esprit critique, la précision de votre expression, la clarté de votre propos, votre engagement dans la parole, votre force de conviction.

LES 5 CRITÈRES D'ÉVALUATION

- Qualité de l'épreuve orale
- Qualité de la prise de parole en continu
- Qualité des connaissances
- Qualité de l'interaction
- Qualité et construction de l'argumentation

Nathan live!

+ Grille d'évaluation indicative à télécharger sur Nathan Live!

Au cours de l'année

Choisissez et préparez vos questions

Vous devez choisir deux questions portant sur vos enseignements de spécialités soit pris isolément, soit abordés de manière transversale.

Toute l'année, vous préparez ces questions avec vos professeurs et vous anticipez la discussion avec le jury.

Entraînez-vous aux techniques de l'oral

Vous devez travailler la prise de parole en public grâce à des exercices d'élocution, de débit de la parole, de votre rythme à l'oral… Vous pouvez également travailler votre posture : gestes expressifs, regards, sourires…

Le jour J en 3 temps

1er TEMPS – Présentation d'une question

Vous proposez vos deux questions au jury

Le jury en choisit une seule, que vous devrez présenter

TEMPS DE PRÉPARATION — 20 min

- Vous préparez votre présentation en fonction de la question choisie par le jury. Il est possible de préparer un support sur une feuille que vous remettrez au jury : le support est facultatif, mais nous vous recommandons d'en remettre un au jury.

PRÉSENTATION — 5 min

- Présentation orale, sans note et debout, de votre réponse à la question choisie.

2e TEMPS – Échange avec le jury sur l'exposé oral

10 min

- Il s'agit d'approfondir votre travail et de répondre à des questions autour de votre exposé.
- Le jury peut vous poser des questions sur toutes les parties du programme du cycle terminal de vos deux spécialités.

3e TEMPS – Échange avec le jury sur le projet d'orientation

5 min

- Réflexion autour de vos choix de spécialités et de votre projet d'orientation, voire votre projet professionnel.
- Il s'agit de partager l'évolution de votre cheminement, à la fois dans le cadre scolaire et dans le cadre personnel (vos activités, vos centres d'intérêt).

PARTIE 1

PRÉPAREZ VOS QUESTIONS ET LA DISCUSSION

ÉTAPE 1

Choisissez deux questions qui vous intéressent

Les deux questions doivent vous intéresser : c'est la clé de votre réussite. En clair, si le sujet de votre exposé ne vous intéresse pas, alors vous n'intéresserez pas le jury.
Bonne nouvelle : le Grand oral vous offre la possibilité de choisir les deux sujets que vous allez traiter, parmi les deux spécialités que vous avez gardées en Terminale ! Cela impose de vous organiser afin de ne pas laisser place à la perte de temps.

Que dit le texte officiel ?

« Le candidat présente au jury deux questions préparées avec ses professeurs et éventuellement avec d'autres élèves, qui portent sur ses deux spécialités, soit prises isolément, soit abordées de manière transversale en voie générale. »

Que doivent vous inspirer les questions ?

- Des exemples concrets, des idées de sources et de recherches, des arguments, des idées personnelles.
- Des liens avec la société, la vie de tous les jours, l'actualité, le cas échéant.
- Un lien avec votre projet d'orientation ou d'envie de métier (même s'ils ne sont pas encore très précis).

1 Réfléchissez dès le début de l'année

- **Créez dès la rentrée un dossier** (papier ou numérique) spécifique à la préparation du Grand oral, en complément de ce livre. Il vous servira toute l'année.
- **N'attendez pas le mois d'avril** pour rechercher vos questions ; bien entendu, les trois mois dont vous disposerez entre les écrits de spécialités et le jour du Grand oral vous laisseront du temps pour préparer votre exposé et vous entraîner. Mais vous ne devez pas commencer à vous intéresser au Grand oral après les écrits de spécialités, ce serait trop tardif.
- **Réfléchissez à des questions qui vous intéressent** au fur et à mesure de l'étude des chapitres en classe. Appuyez-vous sur les thèmes que vos professeurs vous ont conseillés en classe, sur les exemples fournis par vos manuels ou ce livre, ou sur des idées que vous avez eues en relation avec le programme.

D'où provient une idée de question ?

D'un événement personnel ou de la confrontation à une source (manuel, expérience, cours, exposé, article, tweet, livre, film, actualité, une rencontre, etc.).

Feuilletez par avance vos manuels de spécialité pour prendre connaissance des grands thèmes qui seront développés et avoir déjà en tête ceux qui vous intéressent le plus.

- **Notez systématiquement les questions qui vous intéressent** à chaque fin de chapitre, dites-vous : « *ça m'a plu* », « *ça m'intéresse* », « *je le garde, je déciderai plus tard* ». Listez vos questions → p. 12

2 Anticipez le contenu de vos exposés

- **Assurez-vous que vous aurez « de quoi dire »** sur le sujet ; pour cela, discutez-en avec d'autres élèves, vos professeurs ou autour de vous.
- **Pour commencer à creuser le sujet,** posez-vous les questions classiques autour du sujet : « qui, quoi / de quoi, qui, comment, combien, où, quand, pourquoi, etc. ». Sachez expliquer l'intérêt de vos questions → p. 13
- Il ne s'agit pas seulement d'exposer ou d'expliquer, mais aussi de **convaincre**, dans la mesure du possible.
- Afin d'envisager les différents aspects du sujet, vous pouvez aussi **réaliser un schéma** ou une ébauche de **carte mentale** ou **« vous mettre à la place de quelqu'un »** : plus jeune, plus âgé(e), plus ou moins optimiste, réaliste, idéaliste, critique… ou même habitant(e) d'un autre pays ou d'une autre époque.
- **Notez pour chaque idée de question,** en au moins trois points, pourquoi elle vous intéresse.
- Suivez son éventuelle **actualité**.

> • N'oubliez pas la possibilité de choisir des **questions transversales** à vos deux spécialités.
> • Ne vous compliquez pas la vie : vous avez le droit de choisir des questions simples, mais ne choisissez pas un sujet trop vaste, ni trop pointu, ni trop « plat ».
> • Il est possible qu'une nouvelle idée en efface une autre… petit à petit votre choix s'affine !

3 Pensez aux consignes du Grand oral

- Vous devrez présenter vos questions **sous forme interrogative** (donc avec un point d'interrogation).
- Cela vous permet (et vous impose) de définir un **angle** qui vous servira de **fil conducteur** pour la préparation et votre présentation. Étape 3 → p. 21
- Il faudra **valider le thème** choisi et la **formulation** de la question avec vos professeurs de spécialité(s). Assurez-vous aussi qu'elle a un lien avec les programmes de **Première** ou de **Terminale**.
- **Demandez-vous s'il est réaliste d'y répondre en 5 minutes** (votre exposé ne doit être ni trop court, ni trop long).
- Enfin la question traitée doit avoir un lien avec « la maturation » de votre **projet de poursuite d'études,** voire de votre **projet professionnel.** Étape 2 → p. 16

LES POINTS-CLÉS *de cette étape*

- ✓ Pensez à vos questions dès le début de l'année.
- ✓ Créez un dossier ou un fichier que vous alimenterez régulièrement.
- ✓ Choisissez des questions qui vous intéressent vraiment et qui peuvent intéresser le jury.
- ✓ Prenez en compte les consignes officielles.

→ Listez vos questions

MATHS

- Comment expliquer certains paradoxes ? L'exemple du paradoxe d'Achille et de la tortue.
- Comment expliquer le caractère étrange de certains nombres ? L'exemple de 142857.
- Comment calculer des distances non accessibles ?
- Comment simuler le jeu de la roulette au Casino ?
- Comment modéliser un jeu télévisé pour assurer sa rentabilité ?
- Comment expliquer que, dans un groupe de 23 personnes, il y a plus d'une chance sur deux qu'au moins deux d'entre elles soient nées le même jour ?
- Comment approximer le nombre π ?

Certaines questions commencent par « Comment calculer » ou « Comment expliquer », ce qui signifie que vous devrez présenter en détails les **raisonnements** et les **outils mathématiques** permettant d'expliquer le sujet traité.

D'autres questions commençant par « Comment simuler » ou « Comment modéliser » vous incitent à utiliser des **modèles** ou des **algorithmes** pour décrire des phénomènes.

Des questions commencent par « Comment approximer », ce qui nécessite de décrire une (ou des) **méthodes(s) d'approximation**.

PHYSIQUE-CHIMIE

- Comment modéliser l'effet catalytique d'une enzyme et sa spécificité sur certaines transformations chimiques ?
- Comment expliquer la collision dans l'espace entre les satellites *Kosmos 2251* et *Iridium 33* en 2009 ?
- Comment isoler une maison passive ?
- Comment fonctionnent les masques de protection respiratoires ?
- Comment est-il possible de marcher sur des œufs sans les casser ?
- Comment faire léviter une balle grâce à l'effet Coanda ?
- Dans quelle mesure est-il possible d'augmenter le rendement global d'une centrale hydroélectrique ?
- Pendant combien de temps les conséquences de l'accident nucléaire de Fukushima se feront-ils encore sentir ?

Certaines questions commencent par « Comment modéliser » ou « Comment expliquer », ce qui signifie que vous devrez présenter des **modèles** permettant d'expliquer des **phénomènes scientifiques**.

Des questions peuvent aussi commencer, par exemple, par « Dans quelle mesure » ou « Pendant combien de temps » ; elles demandent alors des réponses quantitatives ; elles demandent des **réponses quantitatives**.

→ Sachez expliquer l'intérêt de vos questions

MATHS

Comment expliquer que, dans un groupe de 23 personnes, il y a plus d'une chance sur deux qu'au moins deux d'entre elles soient nées le même jour ?

1. Décrivez le contexte de la question
Cette question **attisera la curiosité du jury**. Vous pourrez lui démontrer ce que vous affirmez en utilisant un **raisonnement mathématique**.

2. Établissez ses liens avec le programme
Le **dénombrement**, avec l'utilisation des combinaisons et des *k*-uplets d'éléments distincts, mais aussi les **probabilités**, sont des notions étudiées durant l'année de Terminale.

3. Proposez un algorithme et trouvez des prolongements possibles
- Un **algorithme** peut être trouvé afin d'**obtenir une probabilité** pour un groupe de *n* personnes ou afin de déterminer un seuil à partir duquel une probabilité est atteinte.
- Analyser une question, la conceptualiser sous la forme d'un modèle mathématique, et enfin la traduire en algorithme évoquent le métier d'**ingénieur en mathématiques appliquées**.

PHYSIQUE-CHIMIE

Dans quelle mesure est-il possible d'augmenter le rendement global d'une centrale hydroélectrique ?

1. Décrivez le contexte de la question
Les centrales hydroélectriques sont la troisième source de **production d'énergie électrique** en France (puissance de 25 GW).

2. Établissez ses liens avec le programme
Le rendement global d'une centrale hydroélectrique dépend notamment de la vitesse de l'eau dans les turbines, notion étudiée en Terminale lors de la **modélisation de l'écoulement d'un fluide**.

3. Réalisez une expérience du « tonneau percé » et trouvez des prolongements possibles
Une expérience du « tonneau percé » peut être réalisée pour modéliser le phénomène étudié. Les **ressources d'énergie non renouvelables,** les métiers **d'ingénieur(e)s et de technicien(ne)s de maintenance**, etc. peuvent être évoqués.

À vous de jouer !

Listez des thèmes ou des questions qui vous intéressent.

....

....

....

....

....

....

Choisissez un thème ou une question pour vous entraîner.

....

....

1 Expliquez l'intérêt de la question

Notez en trois points précis pourquoi le thème / la question vous intéresse.

1. ....

....

2. ....

....

3. ....

....

Reliez ce thème / cette question à une éventuelle actualité, à la « société », à la vie de tous les jours, à un exemple personnel.

....

....

....

2 Faites le lien avec le programme

À quelle(s) partie(s) du programme de spécialité de 1re et/ou de Term est-ce lié ?

3 Commencez votre réflexion

Notez « en vrac » les idées, les mots-clés qui vous viennent à l'esprit à propos de ce thème / cette question, en vous posant les questions *« en quoi, de quoi, qui, comment, combien, où, quand, pourquoi... ? »*.

Pour exploiter le thème ou la question, reliez-les à :

- des exemples personnels, concrets, factuels (faits, chiffres, constats), issus de l'actualité, etc. :
- des premières idées de sources et de recherches :
- des types d'arguments :
- des études / métiers / secteurs qui vous intéressent :

Nathan live! Ressources à exploiter

- D'autres idées de questions peuvent être trouvées en consultant par exemple le site : https://leblob.fr/series/bizarre-bizarre
- Téléchargez et imprimez cette page pour vous entraîner !

Prenez en compte votre projet d'orientation

Le Grand oral vous demande de faire le lien entre les questions choisies et votre projet d'orientation, voire votre idée de métier. Vous devrez choisir des questions qui permettent ce lien.

Voir aussi Partie 2, Conseil 7 → p. 80.

Que dit le texte officiel ?

« La question [...] permettra aussi d'utiliser les connaissances liées à ses spécialités pour démontrer ses capacités argumentatives et la ***maturité de son projet de poursuite d'études, voire professionnel****. »*

Pourquoi évoquer votre orientation durant l'exposé ?

- Pour prouver le lien demandé par l'épreuve entre la question et votre projet d'orientation.
- Pour répondre à l'exigence de justifier votre intérêt pour la question.
- Pour personnaliser votre exposé et montrer votre implication.
- Pour tendre des perches au jury, dont il se servira probablement dans la partie consacrée à l'orientation.

1 Prenez en compte les différents calendriers

- **Les calendriers de Parcoursup, du choix des questions,** de la **préparation** et du passage de l'**épreuve** concordent.
- **Vos vœux Parcoursup seront affinés à partir de janvier** et vous les finaliserez début avril, après avoir passé vos écrits de spécialités. C'est probablement à partir d'avril que vous finaliserez vos questions, jusqu'en juin.

Les attendus et les programmes des formations que vous avez choisies sur Parcoursup peuvent vous donner des idées de questions et de liens avec votre orientation. Pensez à vous en servir !

- **Vous pouvez tout à fait choisir vos questions** en partant des choix que vous ferez sur Parcoursup, cela facilitera votre Grand oral.

2 Intégrez votre orientation dans votre exposé

- Nous vous recommandons d'indiquer dans votre exposé **votre choix d'études** ou de **projet professionnel**, mais **sans trop développer**.
- **Dans votre introduction :** cela donnera un éclairage différent et plus personnel à votre exposé, et répondra à l'exigence d'expliquer votre choix de question.
- **Dans votre conclusion :** cela va être un point fort de la conclusion et lui donnera du poids. Ce sera aussi une « perche » tendue pour la suite du Grand oral.

- **Vous êtes libre, bien entendu, d'évoquer votre orientation** dans le cours de l'exposé, au moment qui vous paraîtra le plus opportun, au détour d'un exemple ou d'un argument.
« *C'est d'ailleurs ce qui m'a motivé(e) pour…* », « *C'est en effectuant des recherches au sujet de… que j'ai eu envie de…* » ou encore « *Cette expérience / résultat / documentaire / lecture… m'a conforté(e) dans l'idée de…* ».

Utilisez le support

Vous pouvez évoquer votre projet d'orientation sur le support que vous remettez au jury, mais en faisant bien le lien avec la question posée.

- **Toujours dans le but de personnaliser votre exposé,** vous pouvez, si c'est le cas, faire brièvement le lien entre la question, votre projet d'orientation et l'un de vos **centres d'intérêt** ou **activités extra-scolaires.**

3 Gérez vos questions et vos choix d'orientation

- **Si vos deux spécialités vous ont permis des choix d'études communs ou très proches** (par exemple, pour simplifier, études « scientifiques » parmi Maths, Physique-Chimie, SVT, SI, NSI, ou « sciences humaines » parmi SES, HLP, LLCER, HGGSP), il est possible que vous prépariez un seul choix d'orientation commun à vos deux questions, tout en « appuyant » nettement sur la spécialité concernée par la question choisie.
- **Si vos deux spécialités sont un peu « éloignées »,** il est probable que dans ce cas, vos choix d'orientation soient suffisamment variés pour que vous puissiez préparer un choix d'orientation par spécialité.
- **Si vous préférez préparer / conserver un unique choix d'orientation** à présenter au jury, il faudra vous assurer que chaque spécialité est réellement utile et spécifique pour ce choix d'orientation. Attention à ne pas sombrer dans la facilité !
- **Si vous choisissez des questions transversales à vos deux spécialités,** vous rejoindrez nécessairement l'un des cas de figures précédents.

Pas d'inquiétude !

- Le jury comprendra que vous ayez effectué plusieurs choix, d'autant que Parcoursup l'impose. Il sait que vous n'êtes peut-être pas encore certain(e) de votre avenir. Vous pourrez indiquer : « *Cette orientation est plutôt mon deuxième choix* » ou « *Je suis en attente d'une réponse sur mon premier choix* » (que vous pourrez alors expliciter).
- Le jury ne va pas évaluer vos souhaits d'orientation : c'est votre liberté, votre choix personnel.

LES POINTS-CLÉS de cette étape

- Évoquez vos choix d'orientation durant votre exposé.
- Assurez-vous d'un lien entre la question et votre orientation.
- Pensez à votre Grand oral pendant vos recherches sur Parcoursup.

Nathan live! **Ressources à exploiter**

Des sites à exploiter pour vos recherches : onisep.fr ; parcoursup.fr

→ Indiquez vos projets d'orientation

MATHS

- Si vous étudiez la question « *Comment choisir la taille d'un échantillon pour que les résultats d'une enquête soient significatifs ?* », dont la réponse nécessite de comprendre ce qu'est une variable aléatoire moyenne, mais aussi l'inégalité de concentration, les notions de risque et de précision étudiées en fin de Terminale, un lien existe entre ces questions et les métiers de :
  - **assistant(e) marketing** (**Bac +2**) ;
  - **directeur(trice) marketing** (**Bac +5**).
- Si vous êtes intéressé(e) par le métier de **développeur(euse) informatique** (**Bac +5**), vous pourriez étudier les questions suivantes :
  - « *Comment modéliser, puis traduire en langage algorithmique, la recherche du plus grand diviseur commun de deux nombres entiers ?* »
  - *Comment approximer l'aire sous une courbe à l'aide d'un algorithme ?* »

PHYSIQUE-CHIMIE

- Si vous étudiez la question « *Comment protéger la coque en acier d'un bateau de la corrosion ?* », dont la réponse nécessite de comprendre notamment l'oxydo-réduction, notion étudiée dès la Première en spécialité Physique-Chimie, un lien existe entre cette question et les métiers de :
  - **technicien(ne) en traitement des matériaux** (**Bac +2**) ;
  - **ingénieur(e) en construction navale** (**Bac +5**).
- Si vous êtes intéressé(e) par le métier **d'astrophysicien(ne)** (au minimum **Bac +8**), vous pourriez étudier les questions suivantes :
  - « *Comment découvrir de nouvelles exoplanètes ?* » ;
  - « *Comment a été lancée en 2018 la sonde spatiale Mercury Transfer Module, de la mission BepiColombo, afin que cette sonde soit en orbite autour de Mercure, en 2025 ?* » ;
  - « *Dans quelle mesure serait-il possible, ou non, de rendre l'atmosphère de Mars respirable par des êtres humains ?* » ;
  - « *Comment nettoyer l'orbite terrestre des débris spatiaux et des satellites en fin de vie ?* ».

À vous de jouer !

Avant de commencer, nous vous recommandons de lire le Conseil 7 de la Partie 2 → p. 80

1 Détaillez votre projet d'orientation

Décrivez votre principal projet d'orientation en une phrase courte.

....

....

Quels éléments du « Projet de formation motivé » sur Parcoursup pouvez-vous utiliser pour argumenter votre (vos) choix d'orientation ?

....

....

....

....

2 Faites des liens

À partir de votre idée d'orientation ou de métier, faites un lien vers au moins une question ou une partie du programme d'une de vos spécialités.

....

....

....

....

....

....

....

....

À partir d'une question qui vous intéresse et à laquelle vous aurez suffisamment réfléchi, faites le lien avec votre projet d'orientation, éventuellement avec l'un de vos centres d'intérêt ou activités extra-scolaires.

....

....

....

....

3 Travaillez l'introduction et la conclusion

Imaginez le lien entre votre projet d'orientation et :

- l'introduction de votre exposé.

....

....

....

....

....

....

....

- la conclusion de votre exposé.

....

....

....

....

....

....

....

Formulez vos questions

Comme le disent les journalistes : « Dans l'ordre, on choisit d'abord un sujet puis un angle pour le traiter ».

Question de vocabulaire

- Au lieu du mot « angle », nous aurions pu utiliser le mot « problématique ».
- Votre angle, c'est le regard personnel que vous allez porter sur le sujet.

1 Pourquoi formuler votre sujet par une question ?

- Parce que c'est une **exigence** du Grand oral et que votre **angle** ciblera la manière dont vous traiterez votre sujet et vous évitera de vous en éloigner.
- La formulation de la question **orientera le contenu de votre exposé** et sa préparation.
- Votre question doit être **accrocheuse** si possible.

Accrochez !

Dès l'annonce de vos deux questions au jury, vous leur donnerez envie de vous interroger. Ne craignez ni l'originalité, ni la personnalisation !

2 Comment formuler vos questions ?

Vous êtes libre du choix de la formulation ; les questions possibles sont infinies.

- **Des questionnements courants :** *Qui, Que, Quel / De quoi / En quoi / Comment ? Pourquoi ? Quand / Depuis quand ? Combien ? Où ? Etc.*
- **D'autres exemples** : *Pour ou contre ? Peut-on ? Doit-on ? Dans quelle mesure ? Et si ? Est-il possible de ? Est-il souhaitable de ? Est-il vrai que ? Est-il faux de ? Pour quelles raisons ? Quelles seraient les conséquences ? Quelles sont les causes ? Pourra-t-on un jour ? Est-il réaliste de ? Etc.*
- **Vous pouvez aussi commencer vos questions par** une **citation**, une **anecdote**, un **fait d'actualité**, etc.

Les bons mots

- Utilisez des termes conformes au vocabulaire de la spécialité.
- Évitez un vocabulaire trop familier ou imprécis.

LES POINTS-CLÉS de cette étape

- ✓ Utilisez une phrase interrogative.
- ✓ Cherchez une formulation accrocheuse et explicite.
- ✓ Concentrez-vous sur l'angle que vous avez choisi.

→ Choisissez votre angle

π MATHS

- Si vous souhaitez proposer une question portant sur la notion d'**intégrale sous une courbe**, étudiée en T^erm spécialité Mathématiques, vous pouvez choisir des **angles différents** :
  - un angle qui privilégie une approche historique du calcul intégral par approximation, traitée par le biais d'un exemple. La question pourrait être : « *Quand sont apparues les premières méthodes d'approximation des aires sous une courbe ?* » ;
  - un angle qui compare différentes façons de déterminer une approximation d'une intégrale : « *En quoi une méthode d'approximation d'une intégrale sous une courbe peut-elle être plus efficace qu'une autre ?* » ;
  - un angle qui utilise des raisonnements mathématiques et qui met l'accent sur un mathématicien : « *Comment calculer les intégrales de John Wallis ?* ».

John Wallis, mathématicien anglais (1616-1703)

- D'autres questions sur la même notion d'intégrale sous une courbe semblent moins pertinentes.
  - La question « *Comment calculer l'intégrale de 0 à* π^2 *de* $x \cos x$ *?* » ne comporte qu'un intérêt calculatoire. Il s'agit d'une question **purement mathématique**, sans problématique. Or, en mathématiques, il s'agit certes de faire état de vos connaissances, de maîtriser les raisonnements, d'appliquer des propriétés du cours, mais il faut aussi **intéresser le jury**, et proposer des **contextualisations**, des exemples, parler de l'**histoire des mathématiques** ou évoquer des **scientifiques** qui ont marqué la matière.
  - La question « *Qu'est-ce qu'une intégrale en mathématiques ?* » est trop restrictive, car l'énoncé de la définition suffirait à y répondre. À l'inverse, la question « *Comment calculer une intégrale en mathématiques ?* » est **trop générale** : il existe un grand nombre de méthodes, de propriétés et parfois d'astuces de calcul pour les intégrales.

Astuce

Être capable d'évoquer en quelques mots la vie d'un mathématicien, ou une anecdote le concernant, montrera au jury que vous avez approfondi la question.

PHYSIQUE-CHIMIE

Des experts de l'AIEA sur le site de la centrale nucléaire de Fukushima Daiichi (avril 2013).

- Si vous souhaitez proposer une question portant sur les **transformations nucléaires,** étudiées en 1re et Term en spécialité Physique-Chimie, vous pouvez choisir des **angles différents** :
  - un angle s'intéressant aux résultats et à la **résolution d'équations mathématiques ou à la réalisation d'un programme Python** : « *Pendant combien de temps les conséquences de l'accident nucléaire de 2011 de Fukushima se feront-elles encore sentir ?* » ;
  - un angle étudiant principalement la **démarche scientifique** : « *Comment prévoir pendant combien de temps les conséquences de l'accident nucléaire de 2011 de Fukushima se feront encore sentir ?* » ;
  - un angle permettant de faire un lien avec **l'Enseignement scientifique du tronc commun en Term** : « *Quels ont été les impacts sur les sociétés au Japon mais aussi en France de l'accident nucléaire de Fukushima ?* ».
- D'autres questions sur la même thématique des transformations nucléaires semblent **moins pertinentes** :
  - la question « *Suite à l'accident de Fukushima : pour ou contre le nucléaire ?* » vous obligerait à donner votre avis. Or, en spécialité Physique-Chimie, il est préférable d'**exposer les arguments « pour » et les arguments « contre »** sans forcément donner votre avis, sauf si bien sûr le jury vous le demande. Préférez la question « *Dans le cadre de la transition écologique, quels sont les avantages et les inconvénients de la production d'énergie électrique d'origine nucléaire ?* » ;
  - la question « *Quelles sont les applications de lacradioactivité dans le domaine médical ?* » est **trop générale,** elle ne permet pas de proposer une réponse intéressante à exposer en cinq minutes à l'oral. Préférez une question plus précise, par exemple : « *Comment un scanner de dernière génération permet-il une meilleure précision volumétrique dans l'image, tout en délivrant une dose radioactive minimale ?* ».

Gagnez des points !

Même si ces questions auront peut-être été traitées en Enseignement scientifique, proposez pour le Grand oral une réponse scientifique au niveau de la spécialité Physique-Chimie, c'est-à-dire à un niveau beaucoup plus élevé que ce qui est vu en Enseignement scientifique.

À vous de jouer !

Explicitez l'angle qui vous semble intéressant à traiter concernant un des thèmes qui vous intéressent :

....

....

....

1 Proposez des formulations

Recherchez des formulations conformes à l'angle choisi.

- D'abord en cherchant à utiliser des questionnements courants : *Qui, Que, Quel, De quoi / En quoi / Comment, Pourquoi, Quand / Depuis quand, Combien, Où ? Etc.*

....

....

....

- Puis en recherchant d'autres formulations plus spécifiques à votre angle.

....

....

....

Utilisez-vous un vocabulaire suffisamment recherché et conforme à la spécialité ?

☐ OUI ☐ NON

Si NON, tentez d'améliorer la formulation.

....

Quelles accroches pourriez-vous utiliser pour attiser la curiosité du jury ?

....

....

ÉTAPE 4

Documentez-vous et exploitez vos sources

Le Grand oral exige une véritable préparation. Le jury sera indulgent sur la qualité de votre « prestation » orale, mais il le sera moins sur la qualité de votre préparation. Vous serez évalué(e) sur le contenu de votre exposé, vos connaissances et la qualité de votre préparation. Vous ne pourrez pas vous contenter d'un « copier-coller » d'un site, ni de recherches bâclées.

Impliquez-vous

- Vous allez choisir deux questions précises et personnelles, dont vous ne trouverez pas les réponses dans un livre, sur Internet, ou en classe, car ce n'est pas le rôle de vos enseignants de vous fournir des « réponses toutes prêtes ».
- Vos connaissances initiales ne suffiront pas... profitez-en pour en apprendre plus et obtenir une excellente note !

1 Que cherchez-vous ?

- **Une fois vos questions choisies, dressez un état des lieux** sincère et synthétique de vos connaissances (sous forme de tableau, de carte mentale, de plan rédigé, de liste de mots, etc.) et des idées de ressources potentielles.
- **Complétez et élargissez vos connaissances** en réalisant des recherches.

Il faudra montrer que vous avez travaillé, cherché, compris, aussi bien lors de votre exposé que sur votre support et lors de la discussion avec le jury.

a Que devez-vous rechercher ?

- Des **connaissances** et **informations** relatives à vos questions.
- Toute **idée**, tout **argument**, tout **contre-argument**, doit être illustré par un exemple, un fait, des chiffres (sans en abuser), une citation (sans en abuser non plus), un contenu issu du programme, une anecdote, un lien avec la vie quotidienne, etc.

b Recherchez des opinions / théories divergentes

L'un des objectifs du Grand oral est de montrer votre capacité à convaincre.

- Selon les spécialités et les questions, vous serez confronté(e) à des **sujets de débats** où plusieurs opinions existent. Quelle que soit votre opinion, vous **devrez prendre position**. Vous devez connaître les différentes opinions, puis comparer des sources différentes sur un même sujet.

Soyez précis

- N'utilisez jamais de termes que vous ne savez pas définir.
- Dès que vous rencontrez un mot que vous ne connaissez pas, si vous comptez l'utiliser dans votre exposé ou potentiellement durant la discussion, recherchez-en la définition.

● **Vous pouvez délibérément visiter des sites « engagés »**, mais non extrêmes, en essayant de comprendre pourquoi parfois l'information ou les avis divergent. Pensez tout particulièrement à conserver vos sources.

c Actualisez régulièrement vos connaissances

● Il est possible que vos questions aient un **lien avec l'actualité**.

● **Cherchez régulièrement**, et tout particulièrement avant le Grand oral, des **articles** ou des **informations** à partir des mots-clés de votre thème.

● **Vous marquerez des points** en prouvant ainsi votre intérêt pour la question. À l'inverse, si un membre du jury est informé de l'actualité de votre question mais pas vous, cela fera mauvais effet.

● **Vous pouvez exploiter l'actualité** de votre sujet, dans votre exposé et lors de la discussion. S'il s'agit d'une « grosse actu », n'attendez pas la discussion pour l'évoquer.

● Enfin, vos recherches pourront vous faire **changer d'angle du sujet ou de formulation de la question**. Si cela ne vous arrive pas au dernier moment, ça n'est pas un souci (faites valider votre nouvelle question par le professeur concerné).

Soyez à l'affût

Créez des alertes sur Internet à partir de vos mots-clés afin de recevoir régulièrement des informations ciblées, ou inscrivez-vous à des newsletters de sites que vous jugez pertinents.

2 La recherche et les sources

a Variez les sources

● **Vous disposez de toute l'année de Terminale** (voire de Première) : nous vous recommandons d'effectuer de vraies recherches, de varier vos sources et de rechercher à la fois la pertinence et l'originalité.

● **Pour chercher sur Internet, utilisez des mots-clés.** Utilisez d'abord des **mots-clés précis,** directement en rapport avec vos questions (→ Étape 5 p. 33), évitez les termes trop généraux.

● **Testez des mots-clés un peu plus larges** si vous ne trouvez pas assez de résultats pertinents ou si vous voulez trouver des informations un peu différentes.

● **Utilisez aussi des synonymes,** voire des antonymes (contraires / opposés) de vos mots-clés.

● **Utilisez les « opérateurs booléens »** pour vos recherches sur Internet : ET, OU, SAUF (AND, OR, NOT). Ils affineront vos recherches et vous feront gagner du temps.

Nous vous rappelons que vous n'êtes pas seul(e) : avant et pendant vos recherches, n'hésitez pas à solliciter vos enseignants et vos professeurs-documentalistes (par exemple, si une source vous semble incertaine).

b Quels sites sur Internet ?

Vos recherches par mots-clés vous mèneront vers des sites de tous types. À l'inverse, vous pouvez choisir les types de sites, généraux ou spécialisés, sur lesquels vous allez faire vos recherches.

- **Sites institutionnels :** Insee, CNRS, INSERM, BNF, sites des Ministères, etc.
- **Sites de l'Éducation nationale :** réseau Canopé, portails et sites académiques, banques de données, etc. (appuyez-vous sur les ressources de votre CDI).
- **Presse régionale, nationale, voire internationale,** presse d'information générale, revues spécialisées.
- **Sites des radios et chaînes de télévision** (Arte, TV5, chaînes spécialisées) ; les documentaires, films ou séries sont aussi des sources et vous donneront des exemples à citer ; YouTube ou Dailymotion rassemblent de nombreuses vidéos (**vérifiez bien les sources**).
- **Sites associatifs ou spécialisés** (WWF, Hérodote, Tangente, etc.). Interrogez vos enseignants à ce sujet.
- **Évitez les blogs**, les **forums**, les **chats**, les **réseaux sociaux**, ce sont des sources trop incertaines.

c Et pourquoi pas des livres ?

- **Lisez des livres** (essais, biographies, romans, etc.), on y trouve des choses très intéressantes dans toutes les disciplines. Le jury appréciera.
- **Un livre récent en relation avec votre question** vous fera marquer des points à coup sûr.
- **Dictionnaires et encyclopédies** sont très utiles pour vous assurer de la définition d'un terme.

d Évaluez la fiabilité de vos sources

- Si vous avez un doute sur une source, **interrogez vos enseignants ou vos professeurs-documentalistes**.
- **Demandez-vous par exemple :**
  – qui est le **gestionnaire** du site, quelle est son intention (ou celle de l'auteur d'un article) ?
  – cette information est-elle **fiable** ? S'agit-il d'un **fait**, d'une **hypothèse**, d'une **rumeur** ou d'une **« fake-news »** ?
  – s'il s'agit d'une opinion, quels sont les autres points de vue ?
  – le site semble-t-il à jour ? De quand date cet article ?
- **Croisez vos sources et vérifiez-les.** Votre recherche sera plus riche et vous pourrez vérifier les informations recueillies en les comparant. Sur des sujets sensibles, utilisez ce qu'on appelle les **« décodeurs »**, comme ceux du *Monde*, de l'AFP ou de France 24.

Creusez !

- Regardez au-delà de la première page de résultats de vos recherches. Vous y trouverez des sites originaux et peu exploités !
- Variez les moteurs de recherche : vous n'obtiendrez pas nécessairement les mêmes résultats.

Et Wikipédia ?

- Wikipédia est un site de qualité, souvent complet, alimenté par des internautes. Malgré la surveillance des utilisateurs, on y trouve parfois des mentions trop politisées ou militantes.
- Wikipédia est une source trop « simple » pour être mise en avant durant votre Grand oral, cela ne valorisera pas votre travail.

Utilisez les manuels

- Les manuels scolaires regorgent de documents et de sources.
- Exploitez tous les manuels scolaires de vos spécialités disponibles au CDI. Vous trouverez des idées, des sources spécialisées, des documents, voire l'accès à des ressources numériques ciblées.

e Organisez vos recherches et leurs résultats

Il faudra organiser vos recherches et les résultats de vos collectes afin de ne pas être englouti(e) par une masse d'informations.

- **Préparez un dossier** informatique et des fichiers pour recueillir vos résultats.
- **Vous devrez en définitive n'utiliser que les informations les plus pertinentes,** les plus originales, les plus « efficaces » à l'oral.
- **Créez des signets / favoris** pour retrouver facilement les sites que vous consultez régulièrement.
- **Conservez la trace de vos recherches** pour ne pas retourner sur des sites non pertinents.
- **Conservez précieusement vos sources et références.** Vous pourrez les citer avec précision lors du Grand oral. Si vous copiez-collez sur un traitement de texte un extrait d'un site ou d'un article, notez précisément la référence et ne la séparez jamais du texte.

> • Faites le tri des informations pertinentes, mais ne jetez rien car si l'angle de votre sujet évolue, les informations recueillies pourraient vous être utiles.
>
> • De même, vous pouvez avoir besoin d'une information qui vous semblait peu pertinente à un moment, mais qui pourrait le devenir pendant votre préparation.

3 Valorisez vos recherches auprès du jury

Vous avez bien travaillé, effectué des recherches pertinentes, lu des articles ou des livres, vu des documentaires, bravo !

Servez-vous en absolument le jour du Grand oral afin de marquer des points !

- **Citez plusieurs sources** pertinentes et originales dans votre exposé et/ou sur le support que vous remettrez au jury, et éventuellement lors de la discussion.
- **Indiquez sur le support la source** d'un graphique ou d'un schéma le cas échéant.

> **Ne mentez pas...**
>
> Ne dites jamais avoir lu un livre ou un article, visionné un film ou un documentaire si ce n'est pas vrai. Si l'un des jurés l'a lu ou vu, ce sera (à juste titre) dévastateur.

- **Mais sachez ne pas abuser,** votre exposé doit être personnel et pas un enchaînement de sources extérieures.
- Enfin, nous l'avons vu, évoquer une **actualité récente** vous fera aussi marquer des points.

LES POINTS-CLÉS *de cette étape*

- ✔ Documentez-vous à propos de vos questions.
- ✔ Organisez vos recherches et faites le tri.
- ✔ Variez et vérifiez vos sources.
- ✔ Valorisez vos recherches le jour du Grand oral.

→ Consultez des sites Internet

MATHS

- Le site **jaicompris.com** a été créé par deux professeurs de mathématiques. Il vous permettra de vous assurer que les notions évoquées lors du Grand oral sont bien comprises.
- Le site **Echosciences** est piloté par Fermat Science en collaboration avec *Les Maths en Scène*, l'Université Paul Sabatier de Toulouse et l'Université de Montpellier. Vous y trouverez des articles sur les mathématiques et sur beaucoup d'autres sujets : la musique, l'histoire, etc.
  > **echosciences-sud.fr**
- Le site **Le blob**, édité par la Cité des Sciences et de l'Industrie à Paris, présente différentes séries de vidéos extrêmement intéressantes, dont une intitulée «Bizarre ? Bizarre ! » portant sur la science étonnante. Sur ce site, on peut trouver quelques liens sur les mathématiques.
  > **leblob.fr**
- Le club **Maths autrement** de l'IREM de l'Université de Grenoble regorge lui aussi de thèmes atypiques qui peuvent être choisis pour le Grand oral.
  > **irem.univ-grenoble-alpes.fr**
- De nombreux sites personnels sont consacrés aux mathématiques amusantes et surprenantes.
  > **Exemples de liens sur Nathan Live !**
- Plus pointu, le site **Images des mathématiques** du CNRS vous permet d'approfondir ou d'élargir vos connaissances sur certaines notions.
  > **images.math.cnrs.fr**

CHIMIE

- Le groupe de chercheurs de **gastronomie moléculaire d'AgroParisTech** présente certains travaux d'Hervé This.
  > **agroparistech.fr**
- Le site **Culture Sciences-Chimie** propose des ressources permettant d'approfondir les notions de chimie étudiées en Seconde, en Première et en Terminale.
  > **culturesciences.chimie.ens.fr**

Nathan live! Ressources à exploiter

+ Tous les sites proposés sur cette page accessibles sur Nathan Live !

PHYSIQUE

- Le site du **CEA** (Commissariat à l'énergie atomique et aux énergies alternatives) regorge d'articles intéressants sur la thématique de l'énergie. Consultez également le site de l'**ADEME** (Agence de la transition écologique, anciennement Agence de l'environnement et de la maîtrise de l'énergie).
  › **cea.fr ; ademe.fr**

- Pour étudier l'**astrophysique**, consultez le site de l'**ESA** (Agence spatiale européenne) ou celui de la **NASA** (*National aeronautics and space administration*, Administration nationale de l'aéronautique et de l'espace américaine).
  › **esa.int ; nasa.gov**

- Le site **Culture Sciences-Physique** est hébergé par l'École normale supérieure (ENS) de Lyon. Les ressources présentées sont construites autour des programmes de Physique du lycée : elles peuvent vous permettre d'approfondir vos compétences et de vous initier à des sujets nouveaux.
  › **culturesciencesphysique.ens-lyon.fr**

- Les **conférences « Les Ernest »** données il y a quelques années à l'ENS (École normale supérieure) de Paris sont des conférences de vulgarisation scientifique de 15 minutes données par des scientifiques de renom.
  Celle de Christophe Clanet sur le **lien entre la physique et le sport** ou celle présentée par Roland Lehoucq sur le **lien entre science et science-fiction** peuvent particulièrement vous intéresser.
  › **dailymotion.com/les_ernest/videos**

- Les **vidéos d'expériences de Physique à réaliser à la maison,** proposées par Jean-Michel Courty, professeur de physique à Sorbonne Université à Paris, peuvent donner de nombreuses idées pour le Grand oral.
  Retrouvez-les sur Internet en utilisant les mots-clés : merci la physique, Jean-Michel Courty.
  › **youtube.com/channel/UCopqcajNZl96Oy3oeRQIk3g**

- L'équipe de recherche **La Physique Autrement** du Laboratoire de physique des solides de l'Université Paris-Saclay et du CNRS explore de nouvelles formes de vulgarisation de la science. Les articles et les vidéos présentés sur leur site portent notamment sur la **mécanique**, la **physique quantique** et la **dualité onde-particule**.
  › **hebergement.u-psud.fr/supraconductivite**

Nathan live! **Ressources à exploiter**

✚ Tous les sites proposés sur cette page accessibles sur Nathan Live !

À vous de jouer !

1 À partir d'une question qui vous intéresse

Indiquez les premières sources qui vous viennent à l'esprit :

– HORS Internet : ....

....

– SUR Internet : ....

....

Listez les mots-clés que vous allez tester et utiliser pour vos recherches.

....

....

Avez-vous vérifié que vous connaissez le sens de ces mots-clés et que vous savez les expliquer ? ☐ OUI ☐ NON

Notez les sites originaux et utiles que vous avez trouvés hors de la première page des résultats de recherche.

....

....

....

Quels sites apparaissent dans vos favoris ? Quelles alertes avez-vous créées sur Internet ? À quelles newsletters êtes-vous inscrit(es) ?

....

....

....

Si la question prête à débat ou discussion, quelles sources divergentes et fiables allez-vous utiliser ?

....

....

Comment prévoyez-vous de suivre l'éventuelle actualité de votre question ?

2 Citez les sources consultées et que vous exploiterez

Vidéos ou documentaires :

Films ou séries :

Articles de presse :

Livres :

Avez-vous trouvé des exemples marquants ? Une citation exploitable ?

Quelle(s) personne(s) pourriez-vous interroger ?

Notez les sites spécialisés présentés dans ce livre et précisez ce que vous y avez trouvé intéressant et utile.

ÉTAPE 5

Organisez le contenu de l'exposé et anticipez l'oral

Vous avez choisi votre sujet, et vous avez effectué vos recherches. Il est temps de passer à la mise en ordre et au contenu de votre exposé, de son introduction à sa conclusion, en anticipant la discussion avec le jury (→ Étapes 6 et 7).

Le fond et la forme

▶ Pendant votre préparation de l'exposé : pensez au contenu et toujours en même temps à sa présentation orale. Cela vous aidera aussi à le mémoriser.

Que dit le texte officiel ?

« Pendant 5 minutes le candidat présente la question choisie et y répond. Le jury évalue son argumentation et ses qualités de présentation. L'exposé se déroule sans note [...]. Le jury va porter son attention sur la solidité des connaissances, la capacité à argumenter et à relier les savoirs [...] et la manière d'exprimer une réflexion personnelle, ainsi qu'aux motivations du candidat. »

1 Adaptez-vous

• **Certains conseils que nous vous donnons sont fondamentaux, d'autres dépendront du sujet choisi.** Par exemple, il ne sera pas toujours possible d'émettre une opinion ou de faire référence à l'actualité mais il est impératif d'expliquer votre intérêt pour le sujet choisi, de donner des exemples pour illustrer l'exposé, d'annoncer la conclusion, de vous appuyer sur des notions connues, de remettre un support au jury, de dire « je », etc.

• **Soyez pédagogue.** Un des deux membres du jury ne sera PAS un professeur de la spécialité que vous allez traiter. Évitez d'utiliser des termes trop compliqués ou expliquez-les. Montrez que vous avez bien préparé votre exposé, mais évitez de submerger le jury par trop de données, dates ou chiffres.

2 Organisez votre exposé

a Commencez par bâtir votre plan

• **Vous êtes libre du choix de votre plan** qui dépendra totalement de la question que vous vous posez ; aucun plan n'est imposé, l'exposé oral n'est pas une dissertation.

Voici quelques exemples de plans, qui peuvent éventuellement être combinés :
- thèse / antithèse / synthèse ;
- avantages / inconvénients ;
- plan chronologique ;
- plan historique (hier / aujourd'hui / demain) ;
- constat / solutions ;
- problèmes / causes / conséquences / solutions ;
- en France / ailleurs ;
- du général au particulier ou du particulier au général ;
- les faits / les arguments adverses et leur réfutation / les arguments en faveur de votre thèse.

• **Vous devez prévoir des parties** (voire des sous-parties) qui s'enchaînent logiquement et que vous énoncerez clairement (entourées de courtes pauses à l'oral).

• **Appuyez-vous sur des notions principales ou des mots-clés**, qui doivent structurer chaque paragraphe de votre exposé dont ils seront l'ossature.

• **Soignez l'enchaînement de vos idées** et utilisez les **connecteurs logiques** (*parce que, en conséquence, de même que, tout d'abord, à l'inverse, etc.*).

Maîtrisez vos mots-clés

C'est à partir des **mots-clés** que vous allez **organiser** votre plan, **orienter** vos recherches et **enrichir** votre exposé. Ce sont les mots sur lesquels vous insisterez à l'oral. Leur enchaînement logique vous aidera à mémoriser votre exposé. **Leur définition doit être parfaitement maîtrisée.**

b Votre introduction

• **Elle contient l'explication du choix de la question** et de l'intérêt que vous lui portez. L'introduction doit durer moins d'une minute.

• **Vous n'aurez pas le temps d'annoncer votre plan en détail,** vous pouvez en annoncer les grandes parties.

• **Essayez d'éveiller l'attention du jury** par une accroche. Suscitez la curiosité, donnez un exemple, un fait, une actualité, une image, une citation, un lien personnel avec le sujet, etc.

c Illustrez par des exemples

• **Vous conserverez l'attention du jury** en accompagnant vos idées ou arguments par un exemple concret, éventuellement une anecdote personnelle, etc. Cela rendra votre exposé plus attractif, plus concret, plus compréhensible, plus personnel et donc plus efficace.

Montrez que vous avez travaillé

• Expliquez durant l'exposé comment vous avez cherché ou vous êtes informé(e).

• N'hésitez pas à citer vos sources (livres, articles, rencontres, films, documentaires, conférences, etc.).

d Argumentez

• **L'un des objectifs du Grand oral est de montrer votre « force de conviction ».** Les arguments sont le plus souvent illustrés par des exemples. Il existe plusieurs sortes d'arguments que nous vous conseillons d'utiliser au sein de votre exposé (et de la discussion).

• Certains arguments sont difficilement contestables, d'autres peuvent être contredits :

– les arguments **de droit**, qui font référence à la loi ;
– les arguments **de fait**, qui évoquent une réalité connue de tous, un fait, un événement, une étude, le résultat d'une expérience ou d'une observation, etc. ;
– les arguments **scientifiques** qui font consensus et qui sont décrits par des lois ou par des théorèmes ;
– les arguments **logiques** qui font appel à la raison ;
– les arguments **de valeur** qui invoquent les grands principes ou les fondements de notre société (morale, liberté, valeurs républicaines, etc.) ;
– les arguments **d'autorité** qui s'appuient sur une personne reconnue ou une « Institution » (« *Descartes pense que…* », « *Sur le site de l'INSEE…* », etc.) ;
– les arguments **tirés de votre expérience personnelle** ou de celle d'autrui.

• Votre exposé doit pouvoir être résumé en une suite de mots-clés, de notions, d'exemples, d'arguments, de connecteurs. Vérifiez bien que les mots-clés et les notions vous sont connus. Il est probable que le jury vous demande des explications ou des définitions.

• Rappelez, réutilisez les termes de la question. Cela vous permet de maintenir l'attention du jury, de garder votre cap, de montrer que vous savez où vous allez.

e Faites référence au support durant votre exposé

• Le support ne peut pas être déconnecté de l'exposé et inversement, la réflexion sur le contenu de l'exposé doit inclure le support : « *Vous trouverez le schéma de l'expérience sur le support* », « *Je vous propose de regarder le graphique numéro 2 que j'ai dessiné* », «… *terme que j'ai défini sur le support* ».

• Pensez à **laisser le temps au jury** d'étudier votre support quand vous l'évoquez.

f Votre conclusion

• **Votre conclusion doit être forte et personnelle.**

• **Si vous avez posé une question qui attend une réponse** (« *pour ou contre…* ») : répondez à nouveau durant la conclusion.

• **Vous pouvez reprendre les termes de la question** pour synthétiser la réponse que vous avez apportée.

• **Suggérez des idées, des pistes,** proposez une ouverture, posez une autre question, faites le lien avec un autre point du programme d'une de vos deux spécialités.

• Indiquez ce que vous avez appris et ce que vos recherches vous ont apporté.

• **Vous pouvez donner votre opinion.** Si vous avez choisi une question de type « *Pour ou contre* », « *Est-il réaliste de* », « *Peut-on démontrer* », donner votre opinion est impératif. Dans le cadre de ce type de question, vous ne prenez aucun risque à le faire, ce n'est pas votre avis qui sera évalué, mais il faudra la justifier par des arguments, des exemples et des connaissances. Le jury vous contredira probablement, mais uniquement dans le but de vous tester.
Bien entendu, votre opinion ne doit être ni choquante, ni illicite, ni extrême.

Annoncez clairement votre conclusion

• Attirez l'attention des jurés et signalez-leur que vous avez quasiment terminé (et qu'ils vont bientôt devoir prendre la parole).

• Dites, par exemple : « *Pour terminer…* », « *Pour conclure…* », « *Enfin…* », « *En conclusion* ».

• Faites une pause avant et après l'annonce de la conclusion.

• **Suivez l'actualité, faites-y référence.** Le jury appréciera toujours les liens que vous ferez avec l'actualité pendant votre réponse ou la discussion. Demandez-vous quel lien vous pouvez faire entre les questions que vous avez choisies et l'actualité, tout particulièrement les semaines ou jours précédant le Grand oral.

g Tendez des perches

• **Votre choix d'orientation doit apparaître dans votre exposé.** → Étape 2 p. 16
En l'évoquant si possible à la fin de votre exposé, vous tendrez une perche au jury pour la discussion autour de votre projet d'orientation.

• **Déclenchez les questions du jury** durant votre exposé. → Étape 7 p. 48
Durant l'exposé, et particulièrement lors de sa conclusion, ou sur le support, vous pouvez pousser le jury à vous poser des questions ou à aborder des thèmes que vous aurez préparés. C'est un « grand classique », et les jurés joueront certainement le jeu.

3 Préparez votre prise de parole en même temps que votre exposé

a Rédiger et apprendre par cœur ?

• **Chacun doit utiliser la méthode qui lui correspond le mieux,** il est difficile de répondre à cette question. Apprendre l'intégralité de votre exposé par cœur vous demandera beaucoup d'efforts et vous risquez de manquer de naturel le jour du Grand oral.

• Dans ce livre, nous vous présentons des exposés entièrement rédigés à des fins pédagogiques, **ce sont des exemples, surtout pas des modèles**.

• **Cette épreuve étant inédite pour vous,** ce sont l'entraînement et la répétition qui seront vos meilleurs conseillers.

• **Rédigez au moins un plan très détaillé.** Quelle que soit sa forme (plan simple, carte mentale, schéma, etc.), ce document est impératif, il comporte :
– l'introduction rédigée ;
– vos mots-clés et notions principales, vos parties, vos exemples, vos arguments, vos sources, les renvois vers le support et les connecteurs logiques ;
– la conclusion rédigée.

b Introduction et conclusion

• **Rédigez l'introduction et la conclusion** et maîtrisez-les parfaitement.

• **L'introduction est la première impression** que vous allez faire au jury ; démarrer en hésitant un exposé préparé d'avance ferait mauvais effet. De plus, si vous démarrez mal, cela **risque de vous désorienter** pour la suite de l'exposé.

• **La conclusion est le point final de l'exposé,** c'est un temps fort qui vous permet de terminer en beauté !

C Anticipez votre prise de parole

- **Surlignez d'une certaine couleur** les mots-clés, les points forts sur lesquels vous allez insister oralement (voire par des gestes, sans trop exagérer, → Partie 2 p. 68).
- **Surlignez d'une autre couleur** les éléments de type connecteurs, l'annonce d'un exemple ou d'un argument, sur lesquels vous parlez un petit peu différemment ou prévoirez des pauses.
- **Quel ton utiliser ?**

– Engagez-vous : dites « *je* ».
– Parlez aux jurés : dites « *vous* ».
– L'exposé n'est pas un monologue, vous ne parlez pas à un mur, ni à un grand groupe lointain : « *C'est la raison pour laquelle je me suis intéressé(e) à* » ; « *J'ai effectué des recherches* » ; « *Je vais répondre maintenant à la question que vous avez choisie* » ; « *Je vous vais vous donner un exemple* » ; « *Saviez-vous que… ?* ».

- Prévoyez des **pauses**.
- **Respectez la consigne des 5 minutes.** Prévoyez pour cela quelques repères intermédiaires dans votre exposé. Vous pourrez regarder votre montre une ou deux fois durant l'exposé. Vérifiez la durée de votre exposé en vous enregistrant et en vous entraînant. Trop court ? Recherchez de nouvelles idées. Trop long ? Supprimez !
- **Ne jetez rien !** Pendant la préparation, conservez pour la discussion avec le jury toutes vos idées, exemples, arguments (favorables ou défavorables) et informations qui vous ont intéressé(e) que vous n'utilisez pas dans votre exposé.

Pauses

- Des pauses vous permettent de reprendre votre respiration, de marquer le début ou la fin d'une sous-partie et d'attirer l'attention sur ce que vous allez dire ensuite.
- Vos pauses devraient représenter presque une minute du temps total de votre exposé !

- Il existe sur Internet des estimateurs de durée d'un discours à partir du nombre de mots ou de caractères. La transcription de l'exposé oral de 5 minutes correspond à environ 600 à 750 mots, ou au plus 4 000 caractères.
- Cela vous donnera une indication utile, même si la durée varie selon votre débit et vos pauses, et qu'il n'est pas obligatoire de rédiger mot à mot votre exposé.

LES POINTS-CLÉS de cette étape

- ✓ Votre exposé doit montrer que vous avez travaillé.
- ✓ Pendant votre préparation de l'exposé, pensez à sa présentation orale.
- ✓ Vous êtes libre du choix de votre plan qui doit s'appuyer sur des mots-clés que vous saurez expliquer, des exemples, des connecteurs entre chaque partie.
- ✓ Prévoyez vos pauses, voire vos gestes des mains quand vous rédigez votre exposé.
- ✓ Préparez une introduction rapide et accrocheuse. Annoncez votre conclusion.
- ✓ Tendez des perches au jury pour la discussion qui va suivre.
- ✓ Engagez-vous, dites « *je* » et adressez-vous directement au jury.

→ Détaillez un plan et indiquez les notions incontournables

MATHS

- Voici un exemple de **plan détaillé** permettant de répondre à la question « *Comment calculer ses chances de gagner dans un jeu de hasard ?* ». Ce plan est développé p. 96.
  - **Introduction** décrivant l'intérêt de cette question, qui fait partie du programme de mathématiques.
  - **Première partie** présentant la **description d'une grille de jeu** et sa **conceptualisation mathématique** grâce aux **combinaisons**.
  - **Deuxième partie** expliquant l'utilisation du **dénombrement** et l'application du **principe multiplicatif**, pour répondre à la question posée concernant les jeux de hasard.
  - **Troisième partie** indiquant la similitude, sur le plan mathématique, entre différents types de jeux.
  - **Conclusion** soulignant la **faiblesse des chances de gagner** le gros lot et mettant en avant les dangers de l'addiction aux jeux d'argent et de hasard.
- **Notions incontournables** à développer lors de l'exposé oral :
  - **probabilités ; combinaison à k éléments dans un ensemble contenant n éléments ; dénombrement** des combinaisons ;
  - **produit cartésien** de deux ensembles et **principe multiplicatif**.

PHYSIQUE-CHIMIE

Usine de traitement de l'eau.

- Voici un exemple de **plan détaillé** permettant de répondre à la question « *Comment rendre l'eau de mer potable ?* ». Ce plan est développé p. 127.
  - **Introduction.**
  - **Première partie** du développement présentant une technique de dessalement, la **distillation,** ainsi qu'une **expérience** modélisant cette technique.
  - **Deuxième et troisième parties** du développement présentant d'autres techniques de dessalement de l'eau de mer.
  - **Conclusion** donnant une analyse critique des différentes techniques.
- **Notions incontournables** à développer lors de l'exposé oral :
  - notions de **chimie** liées à la **distillation** et notions de **physique** liées à la **pression**, au **champ électrique** et à l'**énergie**.

→ Analysez un exposé oral

MATHS

Analyse de l'exposé oral permettant de répondre à la question *« Comment calculer ses chances de gagner dans un jeu de hasard ? »*, développé p. 96 (partie de l'exposé oral présentant le dénombrement des grilles de jeu différentes pouvant être remplies).

« Le remplissage d'un carton du jeu n° 1, coché avec les 6 numéros revient donc à prendre un élément du produit cartésien A × B.

Or, d'après une propriété du cours, appelée principe multiplicatif, le nombre d'éléments du produit cartésien A × B est égal au produit du nombre d'éléments dans A et du nombre d'éléments dans B.

J'en déduis que le nombre de choix possibles, c'est-à-dire le nombre de grilles de jeu différentes, est 1 906 884 × 10, c'est-à-dire 19 068 840. »

Exemples de **notions mathématiques** du programme de Terminale.

Exemple d'**argument mathématique**.

Insistez à l'oral sur les **connecteurs** afin que le jury suive bien la **logique** de votre exposé oral.

PHYSIQUE-CHIMIE

Analyse de l'exposé oral permettant de répondre à la question *« Comment rendre l'eau de mer potable ? »*, développé p. 127 (partie de l'exposé oral présentant l'inconvénient majeur de la distillation, l'une des techniques de dessalement de l'eau de mer).

« L'inconvénient majeur des procédés de distillation est leur consommation énergétique.

En effet, pour transformer 1 kg d'eau liquide en 1 kg d'eau vapeur à la même température, il faut environ 2 250 kilojoules. Pour éviter d'utiliser au maximum des ressources d'énergie non renouvelables, il est alors possible d'utiliser l'énergie solaire, comme je l'ai testé au cours de l'année lors de la préparation de cette question et comme cela est présenté sur le support que je vous ai remis au début de cet exposé. La fabrication de ce distillateur solaire puis l'analyse des résultats expérimentaux obtenus a permis de modéliser un dispositif de distillation et de vérifier notamment que l'albédo de l'eau salée est environ égal à 0,1. »

Exemples de **connecteurs**.

Exemple d'**argument de fait**, lié à une expérience, permettant de valoriser le travail de préparation réalisé durant l'année.

Exemples d'**arguments scientifiques** liés aux connaissances à acquérir dans cette spécialité.

À vous de jouer !

1 Organisez votre exposé

À partir d'une question, établissez les types de plans qui vous semblent les plus appropriés.

....

....

....

....

Résumez dans un tableau le plan détaillé qui vous convient le mieux.

	Résumé	Principaux mots-clés, notions incontournables	Principaux exemples et arguments
Introduction			
Première partie			
Deuxième partie			
Éventuelle troisième partie			
Conclusion			

Indiquez les connecteurs et les enchaînements entre les parties.

....

....

....

....

Quels sont les types de supports qui vous semblent envisageables ?

....

....

....

2 Préparez votre prise de parole

Rédigez votre introduction, ou au minimum, listez ce que vous prévoyez d'annoncer en introduction.

....

....

....

....

....

Rédigez votre conclusion, ou au minimum, précisez comment vous prévoyez de conclure.

....

....

....

....

....

3 Anticipez la discussion avec le jury

Comment ferez-vous le lien avec votre orientation ?

....

....

Le cas échéant, quelle est votre opinion sur la question posée ?

....

....

Le cas échéant, quel est le lien avec l'actualité ?

....

....

Rappels

- Entraînez-vous à énoncer votre introduction et votre conclusion de mémoire.
- Rédigez intégralement votre exposé, au moins *via* un plan très détaillé et complet, et assurez-vous de sa durée en vous entraînant.

Préparez le support que vous remettrez au jury

Nous vous recommandons vivement de remettre un support au jury, même s'il n'est pas obligatoire.

Que dit le texte officiel ?

« [...] Le jury choisit une de ces deux questions. Le candidat a ensuite 20 minutes de préparation pour mettre en ordre ses idées et créer s'il le souhaite un support (qui ne sera pas évalué) à donner au jury. »

Qu'est-ce qu'un support pour le Grand oral ?

▶ Une feuille A4 sur laquelle vous rédigez et/ou dessinez au recto ce que vous avez préparé, **avec le matériel que vous aurez apporté le jour J.**

Votre support prouvera la qualité de votre préparation. Même s'il n'est **pas « officiellement » évalué**, il sera **apprécié par le jury** et **augmentera votre note**.

Le support clarifiera vos idées, aidera les jurés à suivre votre exposé et les mettra dans les meilleures conditions.

S'il vous arrive d'omettre quelque chose durant votre exposé, le jury le saura grâce au support.

Vous êtes libre de ne pas remettre de support au jury.

Soyez pédagogue

- Pensez au professeur qui n'enseigne pas la spécialité choisie : le support l'aidera à mieux vous comprendre.
- La réflexion sur le contenu de l'exposé doit inclure le support et inversement, le support ne peut pas être déconnecté de l'exposé.

1 Vous êtes libre du contenu de votre support

- **Le support comporte les mots-clés** pour aider le jury à suivre et comprendre l'exposé.
- Il peut traiter de tout l'exposé, par exemple sous la forme d'un **plan détaillé**.
- Il peut aussi **pointer une partie spécifique** de l'exposé.
- **Il peut comporter des schémas :** une carte, la description d'une expérience, des courbes, un graphique, etc. Des schémas vous éviteront des descriptions fastidieuses.
- Les schémas doivent être **numérotés, légendés** et **titrés**.
- **Toutes les formes sont possibles** sur un support : plan rédigé, carte mentale, tableaux, schémas, etc.
- Le support vous permet de citer **vos sources**.
- **Il peut présenter une notion non développée dans l'exposé** (un autre argument, une autre manière de, etc.), mais restez « dans le sujet ».

Précision et concision

Inutile de trop rédiger, d'écrire exactement ce que vous direz (inutile notamment de rédiger l'introduction ou la conclusion). Soyez concis pour exploiter au mieux votre support et y insérer plus d'informations différentes.

2 Entraînez-vous à reproduire votre support

- Vous devez **préparer** votre support à l'avance et **savoir le reproduire de mémoire** durant le temps de préparation.
- **Il doit être reproductible en 10 minutes environ,** afin de vous laisser le temps de « répéter » votre exposé avant sa présentation et de vous détendre.
- **Vous devez vous y entraîner,** tout comme vous vous entraînerez à l'exposé oral. Remettre un support propre et de qualité sera apprécié par le jury et montrera votre maîtrise de la question.
- **Testez votre support auprès de vos enseignants** ou de vos camarades et vérifiez qu'il est lisible, compréhensible, documenté et cohérent avec votre exposé.

Prévoyez le bon matériel

Le jour du Grand oral, assurez-vous d'amener le matériel nécessaire pour reconstituer exactement le support que vous avez préparé à l'avance : stylos de couleur, fluos, crayons, règle, compas, etc.

3 Faites référence au support durant votre exposé

- **Dites par exemple** : « *Vous trouverez le schéma du moteur sur le support* », « *Je vous propose de regarder le graphique numéro 2* », « *J'ai indiqué les principales œuvres de…* ».
- Vous pouvez **faire référence à un terme** utilisé dans l'exposé (« *… terme que j'ai défini sur le support* »).
- **Vous pouvez même tenter un geste de la main** vers le support quand vous y faites référence.
- **Ne reprenez pas immédiatement la parole,** assurez-vous que le jury a bien repéré ce que vous lui signalez et en a pris connaissance.

Fautes interdites !

- Évitez les fautes d'orthographe, elles feront mauvais effet, tout particulièrement sur les termes de votre spécialité.
- N'utilisez pas de mots dont vous n'êtes pas certain du sens et relisez-vous.

LES POINTS-CLÉS de cette étape

- ✓ Remettez un support au jury, même si cela n'est pas obligatoire.
- ✓ Votre support doit être préparé aussi sérieusement que votre exposé.
- ✓ Le support peut présenter un plan détaillé exhaustif ou « zoomer » sur une ou plusieurs parties de l'exposé.
- ✓ Vous devez être capable de reproduire votre support de mémoire.
- ✓ Faites référence au support durant votre exposé.
- ✓ Le support permet de montrer au jury la qualité de votre préparation.

→ Préparez le support que vous remettrez au jury

MATHS

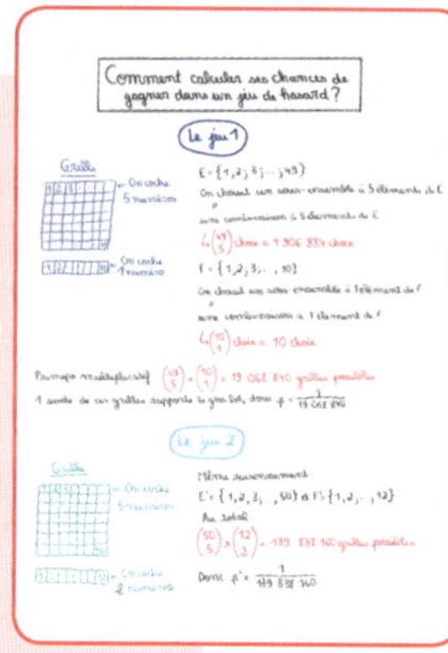

Exemples de supports pouvant vous aider à répondre à l'oral à la question « *Comment calculer ses chances de gagner dans un jeu de hasard ?* ».

✔ **Analyse d'un premier support** (ci-contre), présenté en détail p. 95. Ce premier support est **assez exhaustif**, c'est-à-dire qu'**il indique l'ensemble des points exposés à l'oral**, à savoir :

- la **schématisation** des deux grilles de jeux ;
- les **ensembles d'entiers E et F considérés, les combinaisons correspondantes et leur dénombrement** ;
- l'application du **principe multiplicatif** et les **conclusions** sur les probabilités.

Cependant, il ne permet ni de détailler le calcul des combinaisons, ni d'expliciter les ensembles utilisés pour le produit cartésien et le principe multiplicatif.

✔ **Analyse d'un deuxième support**, présenté en détail p. 45. Ce deuxième support présente **une seule grille** de jeu afin de pouvoir l'**analyser plus finement**.

PHYSIQUE-CHIMIE

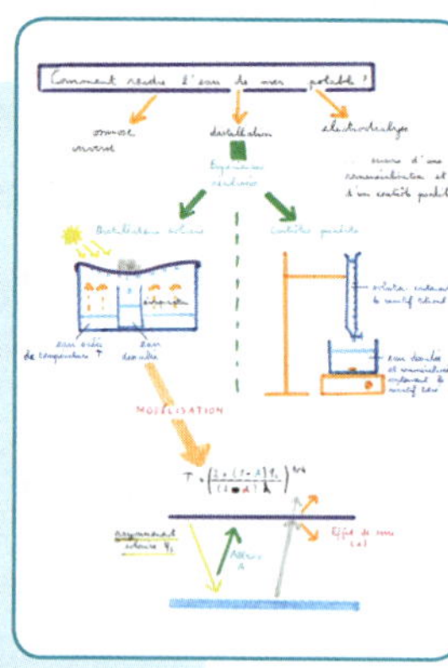

Exemples de supports pouvant vous aider à répondre à l'oral à la question « *Comment rendre l'eau de mer potable ?* ».

✔ **Analyse d'un premier support** (ci-contre), présenté en détail p. 126. Ce premier support est assez **exhaustif ; il indique** :

- les **trois techniques** de dessalement de l'eau de mer (distillation, osmose inverse et électrodialyse) ;
- certaines **expériences** réalisées au cours de l'année ;
- la **modélisation** et la **formule mathématique** utilisées.

Cependant, il ne permet de détailler aucun de ces points.

✔ **Analyse d'un deuxième support,** présenté en détail p. 46. Ce deuxième support ne présente pas l'ensemble des points exposés à l'oral. Il se **concentre sur les expériences réalisées pour modéliser** un distillateur et il donne des **valeurs quantitatives**.

π MATHS

Deuxième exemple de support pouvant vous aider à répondre à l'oral à la question « *Comment calculer ses chances de gagner dans un jeu de hasard ?* ».

DÉNOMBREMENT

GRILLE DU JEU 1 : complétée par des croix rouges

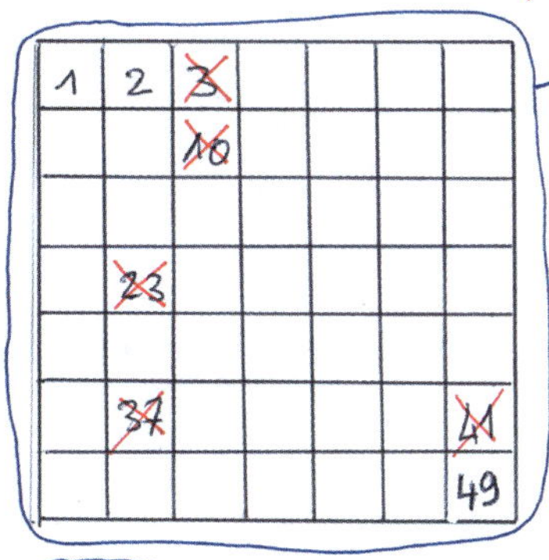

E : ensemble des entiers naturels de 1 à 49

exemple de combinaison à 5 éléments de E :
{3 ; 10 ; 23 ; 37 ; 41}

Visualiser

Schématiser la grille de jeu, comme si un joueur l'avait remplie, permettra au jury de visualiser la situation.

F : ensemble des entiers naturels de 1 à 10

exemple de combinaison à 1 élément de F :
{5}

A : ensemble formé par toutes les combinaisons à 5 éléments de E

exemple : $\{3 ; 10 ; 23 ; 37 ; 41\} \in A$ A contient $\binom{49}{5}$ éléments

B : ensemble formé par toutes les combinaisons à 1 élément de F

exemple : $\{5\} \in B$ B contient $\binom{10}{1}$ éléments

Clarifier

N'hésitez pas à mettre des couleurs, cela aide à distinguer les différentes notions, à différencier un exemple du cas général, etc.

Produit cartésien $A \times B$

exemple : $(\{3 ; 10 ; 23 ; 37 ; 41\} ; \{5\}) \in A \times B$

D'après le principe multiplicatif :

$A \times B$ contient $\binom{49}{5} \times \binom{10}{1}$ éléments

c'est-à-dire 19 068 840 éléments

Vocabulaire

Sur le support, n'hésitez pas à mettre les mots de vocabulaire de votre cours de T^erm^, ils montrent que vous savez conceptualiser une situation concrète.

PHYSIQUE CHIMIE

Deuxième exemple de support pouvant vous aider à répondre à l'oral à la question « *Comment rendre l'eau de mer potable ?* ».

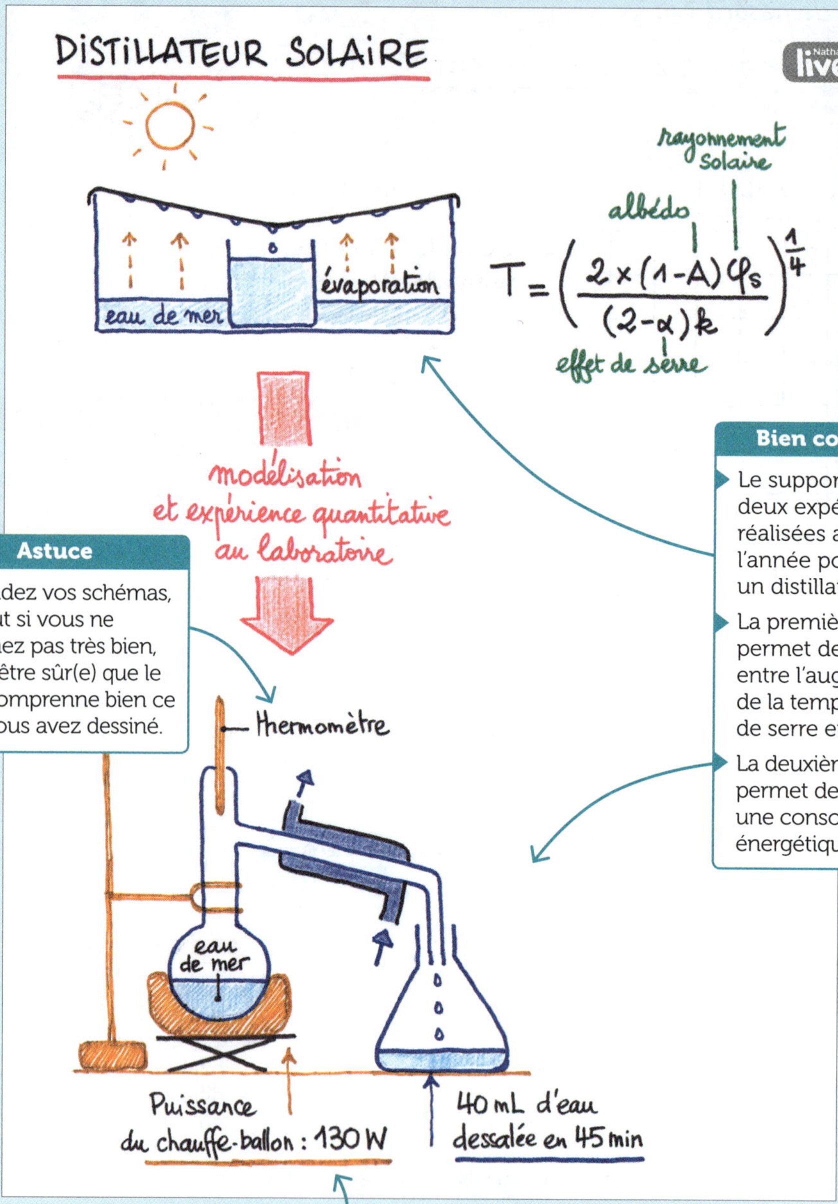

Bien comprendre

- Le support présente deux expériences réalisées au cours de l'année pour modéliser un distillateur.
- La première expérience permet de faire le lien entre l'augmentation de la température, l'effet de serre et l'albédo.
- La deuxième expérience permet de calculer une consommation énergétique.

Astuce

- Légendez vos schémas, surtout si vous ne dessinez pas très bien, afin d'être sûr(e) que le jury comprenne bien ce que vous avez dessiné.

Gagnez des points !

- Indiquez des valeurs numériques dès que possible pour montrer au jury que vous avez réellement réalisé cette expérience.

À vous de jouer !

À partir d'une question choisie...

... présentez votre plan détaillé (avec ses exemples, arguments, etc.) sous différentes formes :

- texte ;
- carte mentale ou schéma.

Dessinez ou rédigez un support qui présenterait une partie de votre exposé.

- Entraînez-vous à dessiner un schéma ou un croquis qui vous semble nécessaire.
- Quelles sources allez-vous citer ?

....

....

....

Quelles sont les sources ou « perches » tendues au jury que vous feriez figurer sur le support et qui n'apparaîtront pas dans votre exposé oral ?

....

....

....

....

Faites la liste du matériel nécessaire à la réalisation de votre support (feutres, règle, etc.).

....

....

....

....

....

Préparez la discussion avec le jury

Après l'énoncé de votre exposé, restez bien concentré(e) car le Grand oral continue !
S'il vous a paru évident de préparer votre exposé et son support, sachez que préparer la discussion avec le jury est possible et recommandé ! Cet échange ne sera pas entièrement improvisé, loin de là ! Vous pouvez vous y préparer, anticiper les questions du jury et même pousser le jury à vous poser des questions dont vous aurez préparé les réponses. Le jury n'est pas là pour vous mettre en difficulté, mais au contraire pour vous mettre en valeur et vous permettre de montrer votre travail et vos capacités.

Que dit le texte officiel ?

[...] « Ensuite, pendant 10 minutes, le jury échange avec le candidat et évalue la solidité de ses connaissances et ses compétences argumentatives. Ce temps d'échange permet à l'élève de mettre en valeur ses connaissances, liées au programme des spécialités suivies en classe de Première et Terminale. »
[...] « Les 5 dernières minutes d'échanges avec le jury portent sur le projet d'orientation du candidat. »

Soyez à l'aise

Après votre exposé nous vous recommandons de vous asseoir, comme vous êtes autorisé(e) à le faire. Vous serez plus à l'aise et plus concentré(e) assis(e) que debout, et ce sera moins fatigant. À vous de décider.

1 Anticipez les questions du jury

a Questions déclenchées par votre exposé oral

• **Prévoyez de donner les définitions / explications de tous les termes que vous utilisez,** notamment ceux propres à chacune de vos deux spécialités.
Si vous ne savez pas définir ou expliquer les termes que vous utilisez, attendez-vous à une mauvaise note.
Un des membres du jury ne sera pas un(e) enseignant(e) de la matière traitée, il vous posera des questions pour mieux comprendre votre exposé.

• **Les questions possibles du jury sont nombreuses autour de votre exposé.** Il peut, entre autres :
– relever une erreur, éventuellement demander de combler un manque ;
– lever une ambiguïté ou une imprécision : il s'agit là de préciser, de clarifier un point sur lequel peut-être vous avez été confus(e), pas suffisamment clair(e) ;
– vous demander d'en dire plus sur votre motivation à traiter cette question ;
– vous demander de compléter, développer un point de votre exposé ;
– vous demander un autre exemple, une autre possibilité, un autre point de vue ;

– vous demander s'il existe une autre manière de… ;
– vous demander un nouvel argument ou contre-argument ;
– énoncer un contre-argument et vous demander d'y répondre : si votre question s'y prête, il vous faudra lister par avance les arguments et les contre-arguments car le jury va évaluer votre « force de conviction » ; si le jury vous contredit, c'est uniquement pour vous tester, son opinion n'influencera pas votre note ;
– vous demander de préciser ou citer une source et d'expliciter comment vous avez mené vos recherches ;
– vous interroger sur l'actualité du sujet.

Rappels

• Nous vous avons conseillé de ne rien jeter durant vos recherches !
• La discussion avec le jury est le bon moment pour exploiter toutes vos connaissances.

b Questions relatives aux programmes de vos deux spécialités

• La discussion avec le jury durant le Grand oral peut porter **sur n'importe quelle partie du programme de vos deux spécialités**. Révisez donc soigneusement l'intégralité des programmes de Première et de Terminale.

• Dans vos deux spécialités, il existe des **parties de programme spécifiques qui seront évaluées uniquement lors du Grand oral** ; vous les étudierez en classe après les écrits, prenez-les au sérieux !

• Réfléchissez à un **lien entre votre question et le programme** de la (des) spécialité(s) (relisez notamment la partie du programme qui concerne le sujet que vous avez choisi).

• Le jury peut vous demander quelle autre question vous auriez aimé traiter dans la même spécialité.

• Réfléchissez à un lien possible entre la question traitée et votre autre spécialité. Plus généralement, **réfléchissez aux liens entre vos deux spécialités**.

• Le jury peut aussi vous demander **quelle partie du programme vous a le moins intéressé(e).** Répondez avec franchise, il y a certainement une partie du programme qui ne vous a pas plu.

c Comment vous y préparer ?

• **« Scannez » votre exposé :** passez en revue tous ses mots, tous ses aspects et réfléchissez à toutes les questions possibles.

• **Ne travaillez pas seul(e),** faites-vous aider par vos enseignants et par vos camarades.

• **Retenez tout particulièrement les questions qui reviennent régulièrement** et qui sont déclenchées par votre exposé. Notez soigneusement toutes les questions, contre-arguments, objections, discussions ou thèmes connexes.

• **Jouez le rôle d'interrogateur pour vos camarades,** vous verrez comment un exposé peut provoquer des questions.

• **Lors de vos entraînements en public,** demandez qu'on vous pose un maximum de questions sur l'ensemble des programmes de Première et de Terminale, cela vous aidera à réviser.

N'ayez pas peur de vos opinions !

Selon le sujet choisi, le jury pourra vous demander de donner votre opinion. Vous ne serez pas évalué(e) sur votre position, mais sur votre capacité à argumenter, à exprimer un point de vue personnel et équilibré.

d Et si vous ne savez pas répondre ?

- **Toutes les questions ne peuvent pas être prévues d'avance,** rappelez-vous que le jury ne cherche pas à vous « piéger » et une discussion réussie sera plutôt un « dialogue à trois ». Donc pas de panique si vous ne connaissez pas la réponse à une question, qu'elle soit relative à l'exposé oral ou aux programmes de spécialité !
- **Ne restez pas muet(te)** ; si vous ne savez vraiment pas : dites-le au jury.
- **Essayez de faire le lien avec ce que vous savez,** demandez des indications au jury, voire la réponse qui vous permettra certainement de rebondir.
- **Si vous n'avez pas compris une question, dites-le** et demandez des précisions. Reformulez la question du jury pour vous assurer de l'avoir bien comprise.

e Questions relatives à votre projet d'orientation

- Votre **projet d'orientation** fera aussi l'objet d'une discussion et de questions qui peuvent être anticipées. ➜ Conseil 7 de la Partie 2 p. 80

2 Déclenchez les questions du jury durant votre exposé

- **Il est possible de pousser le jury à vous poser des questions.** Cela n'est pas de la manipulation, c'est un « grand classique ». Les jurés s'y attendent et vous leur simplifiez les choses en leur donnant des idées de questions ou de thèmes de discussion.
Les pauses durant votre exposé laisseront le temps au jury de noter les idées de questions qu'il vous posera ensuite.

> Préparez vos réponses, pas question d'improviser le jour du Grand oral sur des questions prévisibles ou que vous avez déclenchées.

- **Vous pouvez par exemple conclure en tendant une « perche »** ou en proposant une ouverture, un élargissement, une autre hypothèse, etc. : « *… mais de nouvelles possibilités apparaissent* », « *… et il existe d'autres méthodes de résolutions comme… que je n'ai pas eu le temps de…* ».
- **Si vous avez donné votre opinion sur un sujet sans détailler les opinions opposées,** ou mis en avant plutôt les avantages que les inconvénients, tendez une perche à ce sujet : « *Bien entendu, il existe des arguments inverses* », « *Certains inconvénients ne peuvent pas être négligés* », etc.
- Vous pouvez choisir **d'expliquer plusieurs notions et de ne pas en expliquer une**, volontairement.
- Durant l'exposé, **vous pouvez être très direct(e)** : « *Je pourrais développer ce point pendant la discussion si vous le souhaitez* », «*J'ai d'autres exemples à vous donner…*», « *Ce film / livre que j'ai beaucoup apprécié, je serais ravi de vous en parler* ». Cependant, n'abusez pas de ce procédé.

> Attention à ne pas exagérer en étant trop « stratège ». Ne soyez pas volontairement imprécis ou incomplet dans le but de déclencher des questions au détriment de la clarté de votre exposé.

- **Placez des phrases habiles dans votre exposé, sans développer (ni systématiser ce procédé)** : « *Je suis tombé(e) sur de nombreuses sources peu fiables à ce sujet...* », « *L'expérience que nous avons réalisée en classe reste un souvenir douloureux (sourire)* », « *Mais tout le monde n'est pas d'accord à ce sujet* ».
- **Évoquer votre orientation ou votre choix de métier** est aussi une excellente perche pour la partie de la discussion consacrée à ce sujet.

3 Comment vous comporter durant la discussion ?

→ Partie 2 p. 86

- La discussion suivant l'exposé (tout comme la discussion sur l'orientation) est un **échange**, un **dialogue** et non une interrogation orale.
- **Écoutez attentivement** les questions qui vous sont posées et reformulez-les si besoin.
- **Évitez d'interrompre le jury,** ne répondez pas tant que la question n'est pas terminée.
- Si vous le pouvez, **rebondissez** et reprenez les propos du jury.
- **Prenez le temps de réfléchir** avant de répondre, faites une pause.
- N'hésitez pas à développer vos réponses, c'est vous qui êtes au centre de la discussion.
- Ne donnez pas de réponse fermée du type « *oui* », « *non* », « *je ne sais pas* » : **argumentez et développez**.

LES POINTS-CLÉS *de cette étape*

- ✓ La discussion avec le jury doit être préparée, tout comme votre exposé.
- ✓ Vous pouvez anticiper les questions du jury.
- ✓ Entraînez-vous à répondre aux questions fréquentes qui vous sont posées lors de vos répétitions.
- ✓ N'hésitez pas à tendre des perches au jury qui les utilisera très certainement. Préparez les réponses aux questions que vous aurez déclenchées.
- ✓ Le jury peut aussi vous interroger sur l'intégralité des programmes de Première et de Terminale de vos deux spécialités et notamment sur les parties spécifiques au Grand oral.
- ✓ Réfléchissez avant de répondre et de développer vos arguments.
- ✓ Dites-vous que chaque question est l'occasion de marquer des points.

→ Prévoyez les questions du jury déclenchées par l'exposé oral

π MATHS

Exemples de questions pouvant être posées par le jury suite à un exposé oral répondant à la question « *Comment approximer le nombre π ?* ».

- Quelle est la nature du nombre π ?
- Connaissez-vous des nombres de même nature que π ?
- Connaissez-vous d'autres méthodes d'approximation du nombre π ?
- Sur un plan informatique, savez-vous ce qui permet de mesurer l'efficacité d'un algorithme d'approximation ?
- Savez-vous ce que l'on peut observer au Palais de la Découverte à Paris ?
- Savez-vous ce qu'est le problème de la quadrature du cercle ?

Ne soyez pas déstabilisé(e), les jurés n'attendent pas de vous des réponses compliquées. Soyez **précis** et quand vous ignorez la réponse, dites-le : **n'inventez rien !**

Parfois, les réponses aux questions font juste **appel au bon sens**. D'autre fois, votre langue a fourché lors de l'exposé et le jury veut juste s'assurer que c'était une erreur qui était peut-être due au stress.

PHYSIQUE-CHIMIE

Exemples de questions pouvant être posées par le jury suite à un exposé oral répondant à la question « *Comment expliquer la collision dans l'espace entre les satellites* Kosmos 2251 *et* Iridium 33 *en 2009 ?* ».

- Quel est votre référentiel d'étude ?
- Les satellites *Kosmos 2251* et *Iridium 33* étaient-ils des satellites géostationnaires ? Pourquoi ?
- Serait-il possible d'utiliser le langage de programmation Python pour simuler la trajectoire d'un satellite ? Si oui, quelles fonctions utiliseriez-vous ?
- Qui a été le premier à énoncer les lois que vous avez utilisées pour modéliser les trajectoires des deux satellites ?
- Y a-t-il beaucoup de satellites autour de la Terre ? Combien environ ?

Des questions demandent une **réponse précise**, s'appuyant sur les **connaissances** et les **compétences** acquises durant vos années de **lycée**.

Des questions peuvent porter sur vos **connaissances numériques** ou **en histoire des sciences**.

Des questions **peut-être plus « naïves »** seront posées par l'autre membre du jury, qui n'est pas un professeur de Physique-Chimie.

→ Prévoyez des questions du jury portant sur vos spécialités

MATHS

- Pourriez-vous nous citer différents types de raisonnements en Mathématiques ?
- Pourriez-vous nommer tous les ensembles de nombres que vous connaissez en Mathématiques ?
- Pourriez-vous citer quelques mathématiciens célèbres ? Et nous dire, pour au moins l'un d'entre eux, à quelle notion mathématique son nom est rattaché ?
- Pourriez-vous expliciter la notion de variables aléatoires indépendantes ?
- Qu'est-ce que la loi de probabilité d'une variable aléatoire ?
- Avec des mots du langage courant, pourriez-vous expliquer ce qu'est la loi des grands nombres ?
- Avez-vous en tête un ou deux exemples du programme de spécialité Mathématiques qui fait le lien avec votre autre spécialité ?

Des questions **transversales** sur le programme peuvent vous être posées. **Entre le passage des épreuves écrites et le Grand oral,** d'autres parties du programme sont abordées, n'oubliez pas de les réviser.

Des questions qui font le **lien** entre le **programme de Term spécialité Mathématiques** et votre **autre spécialité** peuvent aussi être posées.

PHYSIQUE-CHIMIE

- Comment identifier un intermédiaire réactionnel dans une transformation chimique ?
- Quelles sont les lois de conservation permettant d'écrire l'équation de réaction d'une transformation nucléaire ?
- Comment pourriez-vous expliquer qualitativement l'origine de la poussée d'Archimède ?
- Pourriez-vous citer quelques applications actuelles mettant en jeu l'interaction photon-matière ?
- Pouvez-vous décrire le modèle du gaz parfait ?
- Comment comparer la force de différents acides dans l'eau ?
- Où se forme l'image d'un objet à l'infini formée à travers une lentille mince convergente ?

Des questions seront peut-être posées sur les parties du programme travaillées **spécifiquement pour le Grand oral**, après les écrits et l'évaluation des compétences expérimentales (ÉCE).

Des questions peuvent concerner **l'ensemble du programme de spécialité Physique-Chimie de Terminale**. Révisez donc l'intégralité du programme et tout particulièrement ce qui est en relation avec votre exposé.

Des questions peuvent aussi porter sur le programme de spécialité de Physique-Chimie de **Première**.

→ Prévoyez les questions du jury relatives à votre projet d'orientation

MATHS PHYSIQUE-CHIMIE

Exemples de questions pouvant être posées par le jury suite à un exposé oral répondant à la question « *Comment protéger la coque en acier d'un bateau de la corrosion ?* » ou à la question « *Comment choisir la taille d'un échantillon pour que les résultats d'une enquête soient significatifs ?* ».

- Y-a-t-il un lien entre la question que vous avez traitée et votre orientation ? Si oui, lequel ?
- Qu'est-ce qui vous intéresse dans le métier que vous souhaitez exercer plus tard ?
- Pour exercer le métier que vous envisagez, quelles sont les différentes voies d'orientation possibles ?
- Avez-vous déjà pu discuter ou échanger avec des personnes ayant suivi les mêmes études que celles que vous allez commencer à la rentrée prochaine ?
- Avez-vous déjà réalisé des stages lors de votre scolarité ? Lesquels vous ont plu et lesquels vous ont déplu ? Pourquoi ?
- Quelles sont vos qualités qui peuvent vous faire penser que votre projet d'orientation vous conviendra ?
- Vos activités extra-scolaires vous seront-elles utiles pour le métier que vous envisagez ?
- Y aurait-il des compétences que vous avez développées pour préparer ce Grand oral qui pourraient vous être utiles dans votre projet d'orientation ou pour le métier que vous envisagez ? Si oui, lesquelles ?

Bien comprendre

Le jour du Grand oral, vous saurez normalement ce que vous voulez faire à la rentrée suivante, même si certains de vos choix d'orientation n'auront pas encore été confirmés sur Parcoursup.

Astuce

Votre projet d'orientation peut être défini très précisément, mais vous avez aussi le droit de ne pas encore savoir ce que vous voulez faire plus tard.

Gagnez des points !

Cherchez à convaincre le jury que vous avez toutes les qualités pour réussir dans votre projet d'orientation.

Rappel

Vous ne serez pas pénalisé(e) si votre projet d'orientation n'a pas de lien direct avec la question traitée lors du Grand oral, mais il faudra être capable de le justifier auprès du jury.

→ Tendez des perches au jury

π MATHS

Analyse des perches tendues durant l'exposé permettant de répondre à la question *« Comment calculer ses chances de gagner dans un jeu de hasard ? »*, développé p. 96.

« Le remplissage d'un carton du jeu n°1 coché avec les 6 numéros revient donc à prendre un élément du produit cartésien A × B.

[...] des enquêtes de santé publique ont été réalisées en 2014 et en 2019 : sans surprise, certaines données, que je pourrai vous détailler si vous le souhaitez, mettent malheureusement en évidence une addiction importante de certains Français, avec des conséquences psychologiques et économiques désastreuses pour les joueurs et leur famille. »

Perche « implicite »

Ne donnez pas la définition du produit cartésien. Cela « obligera » le jury à vous poser cette question après l'exposé.

Perche « explicite »

Dites ouvertement que vous pourrez développer davantage telle ou telle partie de votre réponse lors de la discussion avec le jury. Si le jury trouve cela intéressant, il vous relancera.

PHYSIQUE-CHIMIE

Analyse des perches tendues durant l'exposé permettant de répondre à la question *« Comment rendre l'eau de mer potable ? »*, développé p. 127.

« La fabrication de ce distillateur solaire, puis l'analyse des résultats expérimentaux obtenus, ont permis [...] de vérifier notamment que l'albédo de l'eau salée est environ égal à 0,1. [...]

Enfin, l'électrodialyse est un procédé électrochimique qui permet d'extraire les ions contenus dans une solution grâce à des membranes anioniques et cationiques qui, sous l'action d'un champ électrique, laissent passer respectivement uniquement des anions ou des cations. Si vous le souhaitez, je pourrai préciser le fonctionnement de cette technique lors de la phase de questions à la suite de cet exposé. »

Perche « implicite »

Ne donnez pas la définition de l'albédo lors de votre exposé et n'expliquez pas à quoi correspond le nombre de 0,1. Le professeur de Physique-Chimie ne manquera pas de vous questionner sur ce sujet.

Perche « explicite »

Ne donnez pas trop de détails techniques, mais incitez les membres du jury à vous interroger sur cet aspect du sujet que vous maîtrisez bien.

À vous de jouer !

1 Expliquez le choix de la question choisie

Développez votre intérêt pour la question et les raisons pour lesquelles vous l'avez choisie.

....

....

....

2 Connaissez les définitions

Listez tous les termes techniques ou complexes que vous utilisez dans votre exposé sans les expliquer au jury.

....

....

....

Êtes-vous capable de les expliquer simplement ? ☐ OUI ☐ NON

3 Préparez vos arguments !

Quels sont les exemples, les faits, les arguments, les contre-arguments que vous connaissez mais n'avez pas énoncés (ni indiqués sur le support) ?

....

....

....

Comment avez-vous effectué vos recherches ?

....

....

....

Quels sont les prolongements possibles de chaque partie de votre exposé ?

....

....

....

....

Quelle partie du programme est concernée par votre question ?

....

....

....

....

Pourquoi avez-vous choisi cette spécialité / ces deux spécialités ?

....

....

....

....

Lors de vos entraînements en classe ou avec vos amis :

– Quelles questions reviennent le plus souvent ? Savez-vous y répondre ?

....

....

....

....

– Quelles objections ou contre-arguments apparaissent ? Savez-vous y répondre ?

....

....

....

....

PARTIE 2

ENTRAÎNEZ-VOUS AUX TECHNIQUES DE L'ORAL

CONSEIL 1

Dédramatisez la prise de parole

Vous n'avez pas souvent eu l'occasion de vous exprimer durant 20 minutes, cette épreuve est nouvelle pour vous.

Que dit le texte officiel ?

Le Grand oral évalue « la capacité à argumenter et à relier les savoirs, l'expression et la clarté du propos, l'engagement dans la parole, la force de conviction ».

- *« Je stresse, j'ai le trac... »*
  Le trac vous permet de vous concentrer et de bien démarrer. Il disparaîtra vite, car vous maîtrisez votre contenu.
- *« Je ne suis pas à l'aise à l'oral... »*
  Votre entraînement vous rassurera.
- *« Je ne sais pas quoi faire de mes jambes, de mes mains »*
  Ne surestimez pas l'importance du « non-verbal ». Concentrez-vous sur le contenu et le jury. Le « non-verbal » suivra naturellement !

1 Le stress, non. Le trac, oui !

a Le stress : un phénomène normal, mais gênant

- **Il est normal et naturel** que vous ressentiez du stress : c'est un phénomène physique positif ; votre organisme réagit à ce qu'il évalue comme une menace ou une peur afin de vous aider à les surmonter.
- **Le stress peut se manifester de différentes manières** en fonction de son niveau et des personnes : une respiration rapide ou saccadée, le cœur qui bat trop vite, une transpiration exagérée, l'apparition de rougeurs, de maux de ventre, etc.
- **Le stress peut avoir un impact sur votre communication verbale ou non verbale :** vous parlez trop fort ou trop faiblement, votre voix tremblote, vous bafouillez, vous multipliez les mots parasites *(« euh, voilà, donc... »)*, vos phrases sont trop longues, vous ne faites pas de pauses, vous avez des trous de mémoire, votre regard se promène partout dans la salle, vous ne contrôlez plus vos jambes, ni vos bras, ni vos mains, etc.
  Heureusement, il est rare de cumuler tous ces inconvénients !

b Le bon stress : le trac !

- **Un minimum de stress est nécessaire** pour que vous soyez performant(e). C'est le **trac**. Il est nécessaire, car il vous poussera à vous concentrer. C'est aussi une forme de respect pour les membres du jury.
- **Le trac vous motivera** tout particulièrement pendant les 20 minutes de préparation, vous donnera envie de « bien faire » et augmentera vos performances.

- **Vous avez sans doute déjà expérimenté le trac dans des situations personnelles,** au lycée ou dans vos activités extrascolaires, quand vous avez eu le sentiment de connaître « une poussée d'adrénaline » et d'avoir été au top !

Sans trac, votre prestation le jour du Grand oral sera plate, sans temps fort et vous en serez déçu(e).

2 Ayez confiance en vous

- **Votre travail de préparation du Grand oral** est l'élément-clé qui vous mettra en confiance et réduira considérablement votre stress si vous maîtrisez bien votre sujet.
- **Vous ne risquez aucune mauvaise surprise parce que :**

– vous choisissez deux questions qui vous intéressent et en préparez les deux exposés ;
– vous avez l'appui de vos professeurs, des autres élèves, des professeurs-documentalistes, etc ;
– vous préparez par avance le support qui sera réalisé le jour J et remis au jury ;
– vous énoncerez votre exposé sans être interrompu(e). Vous pouvez anticiper, voire déclencher une partie des questions du jury dont vous aurez préparé les réponses ;
– vous allez expliquer vos choix d'orientation. Il s'agit de parler de vous : un sujet que vous connaissez parfaitement et bien mieux que le jury ;
– vous disposez de 20 minutes de préparation le jour de l'épreuve pour bien mettre vos idées au clair, rédiger votre support, vous concentrer et vous détendre.

3 Le jury n'est pas votre ennemi !

- **Votre public est connu.**

– Prendre la parole en public le jour du Grand oral, cela veut dire prendre la parole **dans le cadre clair de l'épreuve**, devant seulement deux personnes qui sont enseignant ou professeur-documentaliste de lycée.
– Il ne s'agit pas d'une prise de parole devant un grand groupe de personnes lointaines, ni de gens qui vous interrompront ou vous contrediront.

- **Votre public est bienveillant.**

– Votre public est limité à deux personnes, compétentes, connaissant très bien les élèves de votre âge.
– Les jurés savent que vous n'êtes pas des professionnel(le)s de la communication.
– Les gestes parasites, les tics de langage, les bafouillis peuvent être combattus et seront tolérés.
– Comptez sur la bienveillance des membres du jury. Ils sont là pour vous écouter, vous encourager et échanger avec vous (ce sont des professeurs de lycée, comme les vôtres, qui auront aussi préparé leurs élèves qui vous ressemblent).

- Vous savez parler, vous faire comprendre et écouter depuis votre enfance… vous avez l'habitude de la prise de parole !
- Si besoin, n'hésitez pas à assumer votre stress et à l'exprimer le jour du Grand oral. Le jury en tiendra compte.

Entraînez-vous !

Avant de commencer les exercices

- Ces idées d'activités ont pour but de vous habituer à prendre la parole et à vous exprimer sur des sujets divers et parfois personnels, indépendamment des réponses à vos questions de spécialités.
- Vous pouvez pratiquer ces exercices dès maintenant ou après avoir lu les pages suivantes ou les reprendre à tout moment durant votre entraînement.
- Vous pouvez les pratiquer debout ou assis(e), seul(e) devant un « public fantôme », ou vous entraîner à vous exprimer en « public », à plusieurs avec des camarades et en classe, toujours avec bienveillance.
- Engagez-vous dans vos réponses : dites « *je* » ; adressez-vous à votre auditoire : dites « *vous* ».
- À partir de vos réponses, vous pouvez demander que l'on vous pose des questions et enchaîner un dialogue.

Pour tous ces exercices, vous pouvez choisir de parler 1, 2 ou 3 minutes, jusqu'à 5 minutes en fixant préalablement la contrainte de temps et en la respectant.

1 Si vous étiez…

Terminez ces phrases et expliquez vos réponses.

- *Si j'étais un animal, je serais… Si j'étais un lieu de vacances, je serais…*
- *Ou encore : un personnage de fiction, un livre, un sport, une série, un film, une célébrité, un personnage historique, une chanson, un plat, un pays, une ville, une œuvre d'art, etc.*

2 Parlez de vous, développez vos réponses

- *Mon expérience la plus marquante c'est… / Un truc dingue qui m'est arrivé…*
- *Ce que j'aime faire pendant le week-end… / Ce que j'aime faire avec mes ami(e)s…*
- *Mes principaux défauts… / Mes principales qualités…*
- *Si j'avais un super pouvoir, ce serait…*
- *Ce qui me rend joyeux… / Ce qui m'énerve…*
- *Ma devise… / Mon hashtag…*
- *Mon équipe préférée… / Ma personnalité préférée… / La personnalité que « je ne peux pas voir »…*
- *La période historique dans laquelle j'aimerais vivre… / L'événement auquel j'aurais voulu assister…*
- *Hier / Ce matin… / Aujourd'hui après le lycée… / Le jour où « j'ai » mon Bac…*
- *Dans 5 ans / 10 ans, je me vois… / Si je gagne 100 millions d'euros…*
- *Si j'étais élu(e) Président(e) de la République, les trois premières mesures que je prendrais seraient… parce que…*
- *Si j'étais maire de ma ville / président(e) de ma Région / ministre de la Santé / ministre de l'Éducation nationale / ministre de l'Écologie / ministre de l'Égalité femmes-hommes, etc.*

3 Habituez-vous à débattre et à convaincre

a « Pour » ou « contre » ?

Le travail le dimanche, les paris en ligne, l'interdiction des portables au lycée, l'euthanasie, l'énergie nucléaire, la consommation de viande, le véganisme, la chasse, la légalisation du cannabis, les uniformes à l'école, les concours de beauté, la publicité à la télé dans les émissions pour enfants, les GAFA, les accords de Schengen, l'obligation de voter, Parcoursup, le Grand oral, le contrôle continu…

b Je vous recommande un livre, un film, une série, une recette, une visite, de suivre une personne sur les réseaux sociaux, un endroit pour les vacances, un morceau de musique, un site Internet, etc.

4 Parlez de sujets qui vous intéressent et intéressez votre auditoire

- *Ce qui m'intéresse en ce moment / m'a intéressé(e) récemment c'est…*
- *J'ai lu un article qui… / J'ai vu une vidéo qui m'a choqué(e)…*
- *Ce message sur Instagram ou Twitter m'a…*
- *Quel match !… / Quel(le) artiste !…*
- *Sur des sujets au choix : À ce sujet, je pense que… Je suis plutôt d'accord… Je ne suis plutôt pas d'accord… Mon « coup de gueule »…*

5 Donnez-vous des contraintes

▶ Vous pouvez pratiquer les exercices précédents avec de nouvelles contraintes.

- *Parler au passé ou au futur, interdire ou imposer des mots, assis(e), debout, de près, de loin, à voix haute ou basse, en appuyant exagérément avec les mains, ou « sans les mains », etc.*
- *Placer des mots, des chiffres, des mots commençant / finissant par, parler en vers…*
- *Improviser autour d'un mot très concret ou un mot très abstrait, d'une personnalité, d'un terme du cours…*
- *Ne parler qu'avec des noms de fruits, légumes, métiers, pays, personnalités, des mots et sons inconnus, etc., et des gestes expressifs.*
- *L'un(e) parle dans une langue inconnue avec gestuelle et intonation adaptées, un(e) autre traduit en français.*
- *Dialoguer avec un(e) camarade en commençant chaque phrase avec un mot de la lettre de l'alphabet suivante. Par exemple :*

  *« **A**lors le Grand oral, tu le sens comment » ?*
  *« **B**ien, bien, je me prépare »*
  *« **C**omment tu te prépares, ça m'intéresse »*

CONSEIL 2

Transformez votre diction en atout

Vous allez utiliser votre voix pour vous adresser au jury.
Vous savez parler, pas d'inquiétude !
Il n'est ni utile, ni possible de changer votre voix, mais vous pouvez améliorer votre diction, votre « manière de dire ». Ses composantes sont : le volume, le débit, l'intonation, l'articulation et... les silences. Vous pouvez les travailler afin d'être performant(e) le jour du Grand oral.

Ce que le jury attend

- *Le jury du Grand oral attend de vous une prestation préparée, mais naturelle. Vous ne jouez pas une pièce de théâtre, n'en faites pas trop.*
- *Le jury sera indulgent à propos de votre manière de parler si vous lui montrez votre implication.*

Évitez la monotonie

- Pensez au jury qui, pendant plusieurs journées consécutives, verra défiler des candidat(e)s.
- Toutes les composantes de votre voix sont liées. Habituez-vous à les varier afin d'éviter la monotonie.

1 Le volume de votre voix

- En vous entraînant, vous trouverez **le bon équilibre** pour être **audible**, sans parler trop fort, à un peu plus de deux mètres de vos interlocuteurs.
- **Il vaut mieux parler un peu trop fort** (ce qui masquera d'éventuels tremblements dus au trac) que trop bas.
- **Entraînez-vous à varier votre volume** (plus bas ou plus fort), notamment durant votre exposé, afin d'insister sur des mots-clés ou, par exemple, annoncer votre conclusion.
- Parlez à haute voix **jusqu'au bout de vos phrases**.

Il fait chaud en été !

Protégez votre voix, apportez une bouteille d'eau. Demandez, par politesse, l'autorisation de boire, le jury vous l'accordera sans hésiter.

2 Le débit : vitesse et rythme de votre voix

- **Le rythme de votre prise de parole** influera sur sa qualité et sur son effet sur le jury : ni trop lentement, ni trop vite.
- **Il vaut mieux parler un petit peu trop lentement plutôt que trop vite.**
- **Variez votre débit en fonction de vos propos.** Parlez un peu plus vite quand vous racontez une anecdote et moins vite quand vous expliquez une notion technique.
- **Si vous avez l'habitude de parler vite,** cela sera difficile à modifier et vous devez y faire attention. Évitez les phrases trop longues dans votre exposé et vos réponses.
- **Un débit maîtrisé, c'est aussi une respiration maîtrisée,** posée au bon moment.

3 Votre prise de parole, ce sont aussi des pauses

- **Ne commencez pas à parler dès qu'on vous donnera la parole !** Attendez quelques secondes, vous capterez ainsi toute l'attention du jury.
- **Les pauses peuvent représenter jusqu'à une minute** de la durée totale de votre exposé, vous devez prévoir où les placer durant votre préparation.
- **La durée des pauses peut être variable** selon leur importance.
- **Les pauses marquent le début ou la fin d'une sous-partie** ou attirent l'attention sur ce que vous allez dire ou venez de dire.
- **Les pauses permettent de réfléchir** avant de répondre, ce que le jury appréciera. Profitez-en pour bien respirer.
- **Si vous avez tendance à parler trop vite,** faites des pauses à la fin de vos phrases afin de reprendre votre respiration et de « soulager » le jury.

4 Votre intonation

- **Votre intonation est le ton que vous prendrez pour vous adresser au jury.**
- **Une intonation dynamique** montrera votre engagement.
- **Entraînez-vous à adapter votre intonation** et à la varier pour éviter la monotonie. Par exemple, votre intonation sera différente quand vous expliquez pourquoi vous avez choisi cette question ou quand vous répondez à une question.
- **Prévoyez d'appuyer de la voix certains mots ou phrases** pour leur donner de l'importance.
- **Durant les discussions avec le jury,** pensez à varier votre intonation. Une fois votre exposé terminé, vous pouvez être plus souriant(e) et détendu(e).
- Vous pourrez en même temps **appuyer les mots par vos gestes.** Conseil 3 → p. 68

5 Articulez !

- **Travaillez votre élocution, même exagérément** parfois, pendant vos entraînements.
- **Habituez-vous à bien prononcer tous les mots,** éventuellement à les découper de manière artificielle si nécessaire.
- **Gardez la même qualité de prononciation** pour tous vos mots, du début à la fin de vos phrases.
- **Tout particulièrement, appuyez sur les voyelles** qui « expriment les voix » qui « sonnent avec les consonnes », comme disait Molière.

Avec un masque ?

Peut-être devrez-vous porter un masque le jour du Grand oral.
Parlez alors normalement et assurez-vous que le jury vous comprend.

Entraînez-vous !

Pour tous les exercices qui suivent

- Vous pouvez vous entraîner avec un(e) ami(e) ou en classe, **toujours avec bienveillance** et avec des objectifs précis pour chaque exercice.
- Entraînez-vous aussi seul(e) **en vous enregistrant** avec un smartphone et en visualisant une **audience fictive**. Généralement, on n'aime pas entendre sa propre voix et les enregistrements amplifient la perception de nos défauts.

1 Volume et débit

a Racontez, en une à deux minutes, ce que vous avez préféré durant votre dernier week-end ou parlez d'un sujet d'actualité qui vous intéresse et adaptez (sans jamais crier) votre volume à votre audience réelle ou fictive qui se trouverait :

- *à un mètre, à deux mètres (à peu près comme un jury), à dix mètres ;*
- *à quelques mètres de vous, mais imaginez que vous êtes gêné(e) par le bruit de voitures qui passent ou des gens qui parlent.*

- Votre voix est un mélange de composantes. Pour chaque exercice, faites attention à toutes ses composantes.
- En même temps, faites toujours attention à votre posture, vos gestes, votre regard, votre sourire.

b À partir d'un texte ou d'un extrait de pièce d'une dizaine de lignes, avec un traitement de texte, grossissez certaines lignes (corps 20), réduisez les autres (corps 9) et :

- *lisez à très haute voix les « corps 20 » et à voix basse, mais intelligible, les « corps 9 » ; puis faites l'inverse ;*
- *lisez avec un débit rapide les « corps 20 » et lentement les « corps 9 » ; puis faites l'inverse.*
- *lisez avec un débit lent et à voix haute les « corps 20 » et avec un débit rapide à voix basse les « corps 9 ».*

c Choisissez un poème de quatre à huit vers ou un extrait de monologue de théâtre, lisez-le en le prononçant parfaitement, de manière changeante à chaque vers :

- *premier vers rapide avec une voix bien forte (sans crier), puis vers suivant lentement à voix basse, puis vers suivant lentement à voix bien forte (sans crier), puis vers suivant vite à voix basse ;*
- *premier vers, lentement en chuchotant, puis vite toujours en chuchotant, puis vite bien fort, enfin lentement avec une voix bien forte.*

d Reprenez les exercices précédents, en ajoutant du **gras**, des *italiques* ou des <u>soulignés</u> au texte choisi. Donnez à un(e) ami(e) des contraintes de lecture variées : rapide, lent, voix haute, voix basse, puis à son tour de vous donner des consignes.

2 Pauses

a Choisissez un texte (poème, extrait de monologue de théâtre) : lisez sans faire de pause entre les deux premiers vers, puis avec une pause marquée d'une seconde entre les deux suivants, puis de deux secondes, puis alternez sans pause, etc.

b Durant la préparation de votre réponse à la question : prévoyez les endroits où vous allez faire des pauses (longues ou courtes) et entraînez-vous à les respecter.

3 Intonation

▶ Choisissez un texte de quelques lignes et :

- *lisez-le à haute voix en souriant, avec enthousiasme, avec tristesse, avec rage, d'un air sadique, très hésitant, etc. ou comme un(e) candidat(e) en campagne électorale, un(e) commentateur(trice) de sport, un(e) cuisinier(ère) partageant une recette ;*
- *lisez-le à haute voix comme un(e) médecin rassurant(e), comme un(e) guide touristique, comme si vous parliez à une personne très âgée ;*
- *surlignez un mot par phrase et appliquez-vous à appuyer (y compris avec les mains) quand vous le prononcez.*

• Prenez l'habitude d'être attentif(ve) à votre voix et à votre diction **tout au long de l'année** : en classe, pendant vos activités extrascolaires, en famille, avec vos ami(e)s, pendant vos sorties, etc.

4 Articulation et prononciation

a Travaillez vos voyelles : entraînez-vous, même de manière exagérée, à bien appuyer et prononcer les voyelles dans des phrases choisies au hasard.

b **Les virelangues**

- Lisez les virelangues d'abord convenablement à voix haute, sans vous tromper, puis répétez-les jusqu'à les connaître par cœur.
- Enfin accélérez le rythme tout en les prononçant sans erreur et avec une prononciation parfaitement nette.

Didon dîna dit-on d'un os du dos d'un dodu dindon.
Si six scies scient six saucissons, six-cent-six scies scient six-cent-six saucissons.
Cherchez ce chat chez ce cher Serge.
Un banc peint blanc plein de pain blanc, un blanc banc peint de blanc pain.
Un vieux voyou voleur voulait voler Violette.
Petite cathédrale, quand te décathédraleriseras-tu ? Je me décathédraleriserai quand toutes les petites cathédrales se décathédraleriseront.
Les croyants qui prient sur l'Acropole ne peuvent pas prier quand les corbeaux peuvent croasser.

c Reprenez les exercices précédents avec un crayon dans la bouche, comme le font certains comédiens pour s'entraîner.

Nathan live! Ressources à exploiter
+ D'autres exercices sur la diction à télécharger sur Nathan Live !

CONSEIL 3

Parlez avec votre corps

Le Grand oral, ce n'est pas seulement parler, c'est aussi être présent physiquement.
C'est ce qu'on appelle la « communication non verbale ».
Ce terme ne doit pas vous inquiéter, car vous avez l'habitude de communiquer, consciemment ou non, avec votre corps. Dans le cadre du Grand oral, cela se résume à utiliser au mieux votre posture : debout ou assis(e), votre regard, votre sourire et vos mains, sans se soucier d'autre chose.

Que dit le texte officiel ?

« Le candidat effectue sa présentation du premier temps debout, sauf aménagements pour les candidats à besoins spécifiques. Pour les deuxième et troisième temps de l'épreuve, le candidat est assis ou debout selon son choix. »

Le non verbal pèse moins que le contenu

- Certains disent que la communication non verbale entre pour plus de 70 % de la communication. Cela nous semble excessif et pas du tout adapté au Grand oral, pendant lequel des enseignants jugeront et noteront avant tout votre travail et votre préparation.
- Mais veillez à la qualité de votre communication non verbale !

1 Votre posture

- **Votre posture est la manière dont vous allez vous installer dans la salle, face au jury durant toute l'épreuve.** Lors de votre réponse à la question choisie par le jury, vous serez debout (sauf impératif médical). Cinq minutes debout, ce n'est pas très long, vous y êtes habitué(e) dans votre vie quotidienne.
- Une fois dans la salle, **placez-vous au centre de la pièce,** à environ deux mètres du jury.
- **Ancrez-vous dans le sol** (tout comme une ancre marine permet à un bateau de se stabiliser), le dos droit (et pas voûté !).
- **Les pieds bien droits et légèrement écartés** (de la largeur de vos hanches), la tête haute tournée vers le jury. Vous devez vous engager physiquement.
- **Puis, conservez cette posture** et ne bougez pas trop vos jambes. Si vous bougez involontairement pendant l'exposé, prenez le temps de vous remettre en position ancrée qui vous stabilisera.

Peut-on marcher durant le Grand oral ?

- Il n'est pas nécessaire de marcher dans la pièce car vous n'êtes pas un conférencier devant une grande salle.
- En revanche, si nécessaire, vous pouvez vous approcher du jury, par exemple pour lui montrer un point du support qu'il n'aurait pas repéré ou pas compris. Revenez ensuite à votre place initiale sans tourner le dos au jury.

2 Debout ou assis(e) après votre exposé ?

- **Vous n'êtes pas habitué(e) à parler debout,** mais pour énoncer votre exposé que vous aurez préparé à l'avance, vous verrez que vous serez plutôt à l'aise.
- **L'épreuve du Grand oral vous autorise à vous asseoir après votre exposé,** avant la partie discussion avec le jury.
- **Nous vous recommandons de vous asseoir pour la suite du Grand oral,** surtout s'il y a une table devant vous. Cela sera sans moins fatigant et vous évitera de vous poser la question de ce que vous allez faire de vos jambes (qui seront quand même visibles sous la table).
- **Par politesse, vous pouvez demander au jury si vous pouvez vous asseoir** ou lui signaler que vous vous asseyez (« *Je me permets de m'assoir...* », avec sourire et regard bien placé). Il est tout à fait possible que ce soient les membres du jury qui vous proposent de vous asseoir.
- **Une fois assis(e), retrouvez une posture tonique et engagée.** Ancrez vos deux pieds au sol et asseyez-vous plutôt près du bord du siège, bien droit(e), tourné(e) vers le jury.
- Évitez de balancer vos jambes ou de les positionner sous la chaise. S'il n'y a pas de table, faites d'autant plus attention à vos jambes.
- Vous pouvez aussi **choisir de rester debout toute l'épreuve** si vous vous sentez plus à l'aise.

3 Votre sourire, votre regard

- **La règle est simple : souriez régulièrement** aux membres du jury, c'est le secret de la réussite !
- Vous pouvez sourire au moment où vous expliquez pourquoi la question choisie vous a intéressé(e), ou s'il y a des moments souriants ou détendus dans votre exposé.

> **Avec un masque ?**
>
> Peut-être devrez-vous porter un masque le jour du Grand oral. Dans ce cas, souriez quand même car cela se « voit », même avec un masque.

- **Il est impératif que vous créiez un lien avec les membres du jury *via* votre contact visuel.** C'est ce contact qui permettra la meilleure interaction entre vous et les jurés et cela réduira le risque de monotonie de votre exposé. Les jurés ne sont que deux et vous n'avez rien d'autre à regarder.
- **L'absence de notes durant l'épreuve** a pour objectif de favoriser votre interaction avec les jurés et d'éviter que vous ne passiez une partie du Grand oral à lire, tête baissée.
- **Regardez alternativement les jurés et en fonction de leurs actions** (par exemple, regardez le juré qui vous interroge et débutez votre réponse en le regardant ; puis regardez l'autre juré en fonction de la longueur de vos réponses).
- **Mais évitez de balayer systématiquement votre regard** de l'un à l'autre comme si vous regardiez un match de tennis.

• **Faites en sorte que chacun d'eux se sente concerné,** tout particulièrement le membre du jury qui n'enseigne pas la spécialité choisie.

• **Regardez les membres du jury, cela vous donnera des indications** sur ce qu'ils ressentent et comment ils réagissent à ce que vous dites. Cela fait partie de ce qu'on appelle l'**interaction**.

• **Appuyez avec votre regard** vos pauses les plus longues, ou les mots que vous voulez souligner.

Votre regard agit sur votre corps

• Si votre regard est tourné vers un point fixe quand vous êtes debout, votre équilibre sera amélioré.
• Si vous baissez les yeux, le volume de votre voix baisse quasi mécaniquement.

4 Vos mains

• **Vos mains « parlent »** aussi et accompagnent vos paroles et vos silences.

• **Appuyez avec vos mains les mots-clés,** les **points forts** de votre exposé et vos réponses pendant la discussion.

• **Vous pouvez montrer le support de la main** quand vous l'évoquez pendant votre exposé.

• **Entraînez-vous à « parler avec les mains »**, vous serez plus performant(e) et paraîtrez plus naturel(le).

• **N'en faites pas trop.** Vous n'êtes ni une personnalité politique en campagne, ni un(e) tragédien(ne) !

Voir quelques gestes et postures → p. 7

Attention à vos mains

Ne gardez pas vos mains jointes, ni cachées derrière votre dos ou sous la table, ni dans les poches ou sur les hanches et surtout pas sur la bouche. Ne serrez pas les poings, ne pointez pas votre doigt vers le jury, ne croisez pas les bras.

5 Ne vous préoccupez pas trop des gestes parasites

• **Les gestes parasites** sont les gestes **que vous ne contrôlez pas** : vous touchez votre nez ou vos oreilles, vous passez la main dans vos cheveux, vous triturez vos lunettes, vous avancez ou reculez sans raison, etc.

• Votre **entraînement** et votre **préparation** réduiront ces gestes inutiles.

• **Surtout : pendant le Grand oral, ne pensez pas à ces gestes.** Concentrez-vous sur ce que vous dites et tournez-vous vers le jury.

• **En aucun cas vous n'aurez une mauvaise note** parce que vous touchez vos cheveux ou vous grattez le nez.

Entraînez-vous !

1 Votre posture debout, ancrée

a Parlez pendant une minute, avec interdiction de bouger vos pieds, debout sur votre lit, un fauteuil, ou un coussin épais afin de tester la meilleure position :

- *en position bien ancrée ;*
- *jambes jointes ou très resserrées, jambes très écartées, jambes croisées.*

b Entraînez-vous à parler en position bien ancrée debout et assis(e).

c Parlez d'un sujet pendant une minute debout en bougeant exagérément jambes et mains, puis en ne bougeant pas du tout. Continuez en vous tenant selon une posture ancrée et naturelle, et en souriant.

2 Vos mains

Entraînez-vous régulièrement à utiliser vos mains quand vous parlez pour appuyer sur des mots ou des phrases et montrer votre conviction. Habituez-vous à éviter l'utilisation négative de vos mains.

a Choisissez un court texte de votre choix.

- *Lisez-le à haute voix en mimant les mots de manière exagérée.*
- *Puis « répétez » les mêmes phrases uniquement avec les gestes.*

b Afin de mieux les contrôler, faites la liste des gestes parasites que vous avez détectés chez vous en vous filmant, ou d'après vos camarades ou vos professeurs.

....

....

3 Votre regard, votre sourire

a Quand vous parlez dans votre vie quotidienne, entraînez-vous à regarder dans les yeux et en souriant votre « public » (amis, famille ou professeurs).

b Regardez des inconnus pendant deux à trois secondes (attention quand même et soyez respectueux) : au lycée, dans un magasin, dans un café, dans un bus, etc.

c Parlez en regardant des points fixes pendant une ou deux minutes, ou en regardant, pendant vos séances de simulations, vos camarades ou vos professeurs.

d Expérimentez l'effet du regard sur votre équilibre, debout en parlant :

- *fermez les yeux ; laissez votre regard errer un petit peu partout dans une pièce ;*
- *restez debout sur une jambe les yeux fermés, puis les yeux ouverts.*

e Renouvelez les exercices en souriant beaucoup, puis sans sourire du tout.

Nathan live! Ressources à exploiter

+ D'autres exercices sur Nathan Live !

CONSEIL 4

Mémorisez votre exposé

Vos exposés sont quasi aboutis. Vous devez maintenant mémoriser vos exposés et vos réponses aux questions probables du jury, afin d'accroître votre confiance pour le jour du Grand oral.
Il existe différentes techniques de mémorisation que nous ne pouvons pas développer ici, mais voici tout de même quelques conseils pour la préparation du Grand oral.

Bien mémoriser

Quatre facteurs faciliteront votre mémorisation et votre restitution le jour J :
- *votre motivation ;*
- *la compréhension de ce que vous voulez mémoriser ;*
- *les méthodes de mémorisation que vous utiliserez ;*
- *votre entraînement et vos révisions régulières.*

Confiance, confiance

- Ayez confiance en votre mémoire. À votre âge, le cerveau ne demande qu'à apprendre.
- Il est normal d'oublier des choses. Il faut disposer d'une mémoire exceptionnelle ou de techniques approfondies pour ne rien oublier. Heureusement, en travaillant régulièrement, vous pourrez mémoriser et facilement réactiver votre mémoire le jour du Grand oral.

1 Motivation et compréhension

a Si vous utilisez ce livre, c'est que vous êtes motivé(e) !

- Plus sérieusement, cette épreuve inédite est **très formatrice** et plutôt **exaltante**, car à l'inverse des épreuves écrites, elle n'est pas anonyme. Aucun(e) élève n'a envie de « se planter » en présence des interrogateurs et au contraire, vous aurez à cœur de briller.

- **Le coefficient important du Grand oral** est un facteur de motivation non négligeable…

- Si vous avez bien préparé le Grand oral, vous serez d'autant plus motivé(e) à achever votre préparation en consacrant le temps nécessaire à la mémorisation des réponses aux questions que vous avez choisies.

Votre mémorisation en sera d'autant facilitée.

b L'autre clé est la compréhension

- **C'est vous qui avez choisi vos questions.** Vous les avez travaillées en profondeur en effectuant de nombreuses recherches, et vous avez filtré, trié et organisé vos résultats de recherche. Vous vous êtes totalement approprié(e) les questions dont vous comprenez tous les termes.
- Vous donnerez du **sens** et de l'**intérêt** à ce que vous voulez retenir.
- **Votre cerveau y sera sensible et mémorisera** durablement ce qui vous semble important.

2 Comment mémoriser ?

a Faut-il apprendre par cœur ?

- **L'apprentissage par cœur ne doit pas être votre objectif. C'est un très gros effort pas très utile.** Si vous aviez un trou de mémoire, vous seriez complètement déstabilisé(e). Enfin, en récitant l'intégralité de votre exposé par cœur, vous ne capterez pas suffisamment l'attention du jury et **vous ne serez pas naturel(le)**. Apprendre votre exposé par cœur peut être une étape qui vous aidera dans vos révisions à condition de vous en éloigner le jour J.
- Vous allez vous apercevoir que chaque exposé n'est **pas si long ni difficile à mémoriser** car il va tenir sur moins de deux pages de traitement de texte.
De même, votre support vous « appartient » et vous saurez le mémoriser.

b Le plan et les mots-clés

- **Vous devez connaître par cœur** le **plan**, les **mots-clés**, le **thème** des parties et leurs **enchaînements** logiques afin de les énoncer dans l'ordre.
- Commencez par vous entraîner à **maîtriser cette ossature**… ce qui sera facile car c'est vous qui l'avez conçue. Cela vous permettra de diviser l'exposé à mémoriser en plusieurs parties qui s'enchaînent logiquement.

À retenir absolument

- Introduction et conclusion.
- Structure de l'exposé et mots-clés.
- Enchaînement de toutes les parties de l'exposé.

- Ensuite vous la compléterez avec les **exemples**, les **arguments**, les **faits**, etc.
- Nous vous recommandons aussi d'**apprendre par cœur au moins le début de l'introduction** (et même toute l'introduction), ce qui vous garantira de bien démarrer et vous mettra en confiance.
- De même, **mémorisez la fin de la conclusion** (et même l'intégralité de la conclusion). Bien conclure votre exposé et lancer la discussion **vous rapportera des points**.
- **Mémoriser les points-clés** de l'exposé vous donnera plus de flexibilité et d'aisance. Vous pourrez vous concentrer sur les explications que vous voulez apporter au jury. Cela vous permettra aussi de paraître plus naturel(le) et de mieux **communiquer** et d'**interagir** avec le jury.

- Vous pouvez vous entraîner en rédigeant uniquement les mots-clés sur une feuille (et éventuellement les connecteurs logiques).
- Puis énoncez votre exposé à partir de ces seules informations. Petit à petit, vous n'aurez plus besoin de regarder la feuille parce que vous maîtriserez votre exposé.

c Les différents types de mémoire

- Traditionnellement, on distingue **trois types de mémoire** :
– mémoire **auditive** ;
– mémoire **visuelle** ;
– mémoire **kinesthésique** (la plus rare, qui s'appuie sur des sensations : émotion, toucher, mouvement, etc.).

- Vous découvrirez ou vous savez déjà laquelle vous est la plus favorable, mais en réalité chacun(e) d'entre nous dispose à des degrés divers de ces trois types de mémoire et vous allez pouvoir utiliser les trois.

- Vous pouvez par exemple **écrire votre exposé en entier**. Ne cherchez pas à l'apprendre entièrement par cœur. L'écrire vous aidera à le retenir en faisant appel à votre mémoire scripturale, ce qui est utile en particulier pour votre part kinesthésique.

- **Surlignez en couleur** les **mots-clés** et les **connecteurs logiques** : cela activera votre mémoire visuelle.

Partie 1, Étape 5 ➜ p. 33

Veillez à **ne pas surligner trop de mots ou phrases** afin de ne pas surcharger votre cerveau, qui ne reconnaîtra plus ce qui est important et ne mémorisera pas correctement.

- **Lire le texte à haute voix** fera appel à la mémoire **auditive**. Réviser ou vous poser des questions à haute voix vous permettra de mémoriser, surtout si votre mémoire est plutôt auditive. Vous pouvez aussi enregistrer votre exposé. Vous pouvez réviser à haute voix **en bougeant, en vous déplaçant, en allant dans certains lieux**, ce qui stimulera votre cerveau.

- Présentez les mots-clés, le plan, les connecteurs sous forme de **schéma, carte mentale** ou **tableau**.

- Récitez votre exposé **avec des tons différents** ou des **émotions différentes** (dégoût, colère, tristesse, en chantant), vous verrez que cela peut vous aider à mémoriser le texte grâce à votre part kinesthésique.

d Révisez régulièrement

- Pour garder en mémoire vos exposés, vous devrez les **relire**, les **redire**, les **réentendre régulièrement** sans, évidemment, vous y prendre au dernier moment.

- **Il n'existe pas de règle** concernant le rythme de révision qui permette ce que l'on appelle « l'ancrage mémoriel ». **Adaptez votre rythme à vos capacités et disponibilités**, sachant que le Grand oral doit être une de vos priorités.

- **Répétez vos exposés** jusqu'à vous sentir **tout à fait à l'aise**. Veillez à ne pas les énoncer trop vite tout en articulant au mieux.

Conseil 2 ➜ p. 64

• Votre rythme de révision devra s'accélérer à l'approche du Grand oral, jusqu'à une **dernière relecture la veille**.

• Enfin, votre **ultime révision** se déroulera durant le temps de préparation le jour J.

Conseil 6 → p. 78

Pensez aussi à bien réviser votre préparation de la **discussion** et de la partie **orientation**, notamment les réponses aux questions qui vous seront très probablement posées.

3 Sommeil et hygiène de vie

• Au-delà des conseils « naturels » que peuvent vous donner vos professeurs ou vos parents, il existe des **raisons scientifiques** qui doivent vous pousser à **porter attention à votre sommeil.**

• C'est **pendant que vous dormez que vous mémorisez** et que votre cerveau travaille le plus.

• **Évitez de passer du temps devant des écrans** (téléphone, ordinateur, télévision) juste avant de vous endormir. Essayez de vous donner un moment d'au moins une vingtaine de minutes sans écran.

• **Évitez les moments de stress avant de dormir** ou essayez d'évacuer ce stress s'il y a quelque chose qui vous préoccupe. C'est une question d'entraînement et vous pouvez y arriver.

• **Il n'est pas recommandé de vous endormir juste après les révisions** qui risquent plutôt d'encombrer votre cerveau et de gêner votre sommeil.

• À l'approche du Grand oral, **inutile de travailler très tard** et de réduire votre temps de sommeil.

Mode avion impératif

• Organisez vos séances de révision de votre Grand oral sur une durée d'environ 45 minutes. Des séances plus longues ne seront pas plus efficaces.

• Il est impossible de vous concentrer et de mémoriser efficacement avec un téléphone allumé près de vous : mode avion et absence de notifications obligatoires durant ces 45 minutes !

• Vous dormirez mieux dans une chambre **complètement dans le noir**. Masquez les lumières extérieures, pensez à retourner votre portable ou, mieux, à le mettre en mode avion et évitez les objets qui clignotent dans votre chambre. Sinon, votre sommeil ne sera pas assez profond et votre cerveau ne travaillera pas efficacement.

• **Une activité physique est recommandée** pour favoriser la mémorisation, notamment après une séquence de travail. Il n'est pas obligatoire non plus de pratiquer un sport de haut niveau, mais une **petite marche**, du **vélo** en extérieur ou d'appartement, des **mouvements de gymnastique**, etc. vous aideront à mémoriser. Cela influera sur votre bien-être, donc aussi sur votre capacité à mémoriser.

CONSEIL 5

Entraînez-vous au Grand oral

Le temps dont vous disposerez entre les épreuves écrites et le jour du Grand oral vous permettra de finaliser vos exposés et de vous entraîner.
Sollicitez vos camarades et vos enseignants, tenez compte de leurs remarques. C'est le moment d'affiner et de mémoriser vos exposés, de préparer les discussions avec le jury et de vous mettre en confiance.

1 Entraînez-vous à...

- **Exposer vos réponses** aux questions en respectant la **consigne des cinq minutes**.
- **Rédiger des supports** clairs, compréhensibles, titrés et légendés.
- Exploiter au mieux le **temps de préparation** de 20 minutes.
- **Répondre aux questions** fréquentes du jury et aux questions nouvelles.
- **Bien écouter les questions** et demander de les reformuler si besoin.
- **Tendre des perches** et utiliser celles qui fonctionnent le mieux.
- Répondre à des questions sur **toutes les parties du programme**.
- Faire attention à votre **niveau de vocabulaire**.
- Exposer vos **choix d'orientation, d'études ou de débouchés**.
- Cela vous permettra :
  - **d'affiner votre exposé** en repérant les phrases à changer afin qu'elles semblent plus naturelles à l'oreille, plus faciles à prononcer ;
  - **de vous approprier** vos exposés et vos supports ;
  - **de maîtriser tous les mots-clés et notions** ;
  - de vous habituer à **expliquer des termes complexes** ;
  - **de maîtriser la durée** des différentes parties de l'épreuve ;
  - **de réviser les programmes** de vos spécialités.

Nous vous conseillons de passer en revue les exercices de la **Partie 1** de ce livre et de les appliquer à vos questions.

2 Veillez particulièrement aux « techniques de l'oral »

- Votre **posture** bien ancrée et droite, que vous soyez debout ou assis(e).
- Votre **voix** posée et audible, bien adressée au jury. Votre **intonation** variée.
- Votre **débit**, ni trop lent, ni trop rapide et varié.
- Vos **pauses** fréquentes et bien placées et votre **sourire** fréquent.
- Votre **regard** maîtrisé, toujours vers les jurés. Vos **mains** et **gestes** qui appuient vos paroles.

3 Comment vous entraîner ?

- Pendant vos entraînements, surtout ceux en public, **engagez-vous comme durant l'épreuve**. Jouez le jeu, demandez à vos camarades de le jouer aussi.
- **Travaillez à plusieurs** avec vos camarades de classe et vos professeurs.
- Vous pouvez **travailler seul(e)**, devant une audience fictive que vous visualisez.
- **Enregistrez-vous** avec un smartphone, notamment pour vous assurer que vous êtes **audible**, que votre **débit** est bon, que votre **intonation** évolue (pour appuyer un mot-clé, par exemple) et que vos **pauses** sont assez nombreuses et aux bons endroits.
- **Visualisez la salle d'examen** en répétant votre exposé.
- Lors de vos entraînements en public, demandez que l'on vous pose **un maximum de questions** et **jouez le rôle d'interrogateur** pour vos camarades.

Partie 1, Étape 7 → p. 48

- **Installez deux personnes assises derrière une table,** cela vous aidera à appréhender le volume de votre voix et votre position dans la salle debout pour l'exposé puis, si vous le souhaitez, assis(e) pour la suite du Grand oral.
- **Simulez votre entrée** dans la salle du Grand oral et dites « *Bonjour !* » de manière tonique et sincère.

Révisez vos deux questions

Préparez et révisez vos deux spécialités avec autant de régularité.

Et si vous bafouillez ?

Il arrive à tou(te)s les orateurs(trices) de bafouiller. Cela vous arrivera sans doute, même si vous vous entraînez. Si le bafouillis est très réduit, continuez tranquillement ; s'il est un peu plus conséquent, assumez-le en reprenant votre phrase, en disant simplement « *excusez-moi* », « *je reprends* », etc. avec un sourire bien placé.

Rappelez-vous qu'il est normal de ne pas aimer sa propre voix !

Devant un miroir ?

- Vous entraîner devant un miroir permet de vérifier si vous ne bougez pas trop les jambes, si vous souriez souvent, si vous utilisez utilement vos mains, etc.
- Mais parler devant un miroir n'est pas naturel, vous serez meilleur(e) en vous filmant ou devant une vraie audience !

4 Réduisez vos tics de langage

- Ils sont l'équivalent oral des gestes parasites : vous répétez « *euh…* », « *donc* », « *voilà* », « *bon…* » sans raison.
- À ce sujet aussi, c'est **votre préparation qui vous permettra de les réduire**. Plus vous serez confiant(e) et entraîné(e), moins ce type de tics de langage apparaîtra.
- Essayez de les réduire en vous entraînant mais, comme pour les gestes parasites, **il ne faut pas que cela vous préoccupe trop** au moment de l'épreuve. Vous devrez être concentré(e) sur le contenu et tourné(e) vers le jury.
- En revanche, **vous devez vous entraîner à effacer les expressions du type** « *genre* », « *j'avoue* », « *de base* », « *grave* », « *le truc c'est que…* » ou pire « *wesh* », qui ne sont pas conformes à un contexte d'examen.

CONSEIL 6

Optimisez votre temps de préparation durant l'épreuve

Le temps de préparation de 20 minutes le jour J doit être mis à profit pour vous mettre en confiance, réaliser le support que vous aurez préparé et vous détendre.
Ne restez surtout pas sans rien faire pendant le temps de préparation, cela vous paraîtra long et risque de vous stresser inutilement.

Que dit le texte officiel ?
« Le jury choisit une de ces deux questions. Le candidat a ensuite 20 minutes de préparation pour mettre en ordre ses idées et créer s'il le souhaite un support (qui ne sera pas évalué) à donner au jury. »

Pense bête
▶ Bien évidemment, n'oubliez pas d'apporter une montre ou un minuteur, car vous ne pourrez pas utiliser votre portable.

1 Mettez-vous en confiance

- **Prenez d'abord un peu de temps pour respirer profondément** avant de vous mettre à travailler, pour vous dire que tout va bien se passer.
- **Vous savez enfin à quelle question vous devrez répondre !** Vous pouvez consacrer du temps à une ultime révision, de manière détendue, car vous avez bien préparé votre Grand oral.
- **Des feuilles de brouillon** seront mises à votre disposition. Même si vous n'aurez pas ces feuilles sous les yeux durant l'épreuve, vous pouvez écrire le plan, les mots-clés, les exemples et arguments sous la forme à laquelle vous êtes habitué(e) à travailler (plan rédigé, schéma, tableau, carte mentale, etc.), ainsi que les points principaux de votre **introduction** (en particulier la phrase de début qui vous permettra de bien vous lancer) et de votre **conclusion**.
- Vous pouvez **répéter mentalement votre exposé** ou à voix haute (si vous ne dérangez pas un(e) autre candidat(e)), en faisant attention à la prononciation.
- Dans les deux cas, **pensez à bien utiliser vos mains** pour appuyer vos propos.
- Vous pouvez mieux vous **projeter dans la discussion** en répondant mentalement à quelques questions les plus probables (« *Pourquoi la question vous a-t-elle particulièrement intéressé(e) ?* », « *Quelles sont vos principales sources ?* », « *Quels sont vos choix d'orientation / où en êtes-vous dans Parcoursup ?* »).

Partie 1, Étape 7 ➜ p. 48

Lorsque que vous aurez visualisé la salle où se passera votre Grand oral, vu les deux membres du jury et fait leur connaissance, vous pouvez imaginer votre position dans la salle et comment porter vos regards vers eux.

2 Rédigez votre support

- **La réalisation du support est l'un des motifs principaux de ce temps de préparation.** Vous pouvez consacrer au moins 10 minutes à la rédaction du support, qui sera un atout important, même s'il n'est pas spécifiquement évalué.

- Vous n'avez pas à vous inquiéter, vous avez **préparé** votre support, vous êtes **entraîné(e)** à le rédiger de mémoire et vous avez apporté **tout le matériel nécessaire. Il ne vous reste plus qu'à le réaliser.** Prenez le temps de vous rappeler quelles en sont les grandes parties et lancez-vous.

- **Faites particulièrement attention à la lisibilité** de votre écriture ou de vos schémas, courbes et dessins, à la présence de titres, de légendes, d'une numérotation ou de l'explication d'enchaînements si vous l'aviez prévu.

- **Relisez-vous, améliorez la lisibilité** si besoin et assurez-vous de l'**absence de fautes d'orthographe**.

3 Détendez-vous

- Évidemment, juste avant de démarrer votre Grand oral, **vous sentirez le trac apparaître**, il vous **motivera** et donnera de l'**énergie** à votre oral. Conseil 1 → p. 60

- **Pour que votre trac ne se transforme pas en stress,** respirez profondément, faites quelques exercices musculaires simples que vous vous êtes habitué(e) à réaliser (vous trouverez des exemples en vidéos sur Internet).

- **Rappelez-vous de l'un de vos entraînements** avec vos camarades pendant lequel vous avez certainement bien ri ensemble, même si votre prestation n'était pas exceptionnelle.

- Pensez à une répétition que vous avez **particulièrement réussie,** pensez même à un **bon souvenir,** sans relation avec le Bac.

- **Visualisez votre réussite au Grand oral,** imaginez les deux membres du jury hochant la tête avec bienveillance et vous félicitant.

- Racontez-vous le moment où vous avez la confirmation de votre réussite au Baccalauréat !

- **Juste avant l'épreuve,** quand les 20 minutes de préparation seront terminées, **reconcentrez-vous, respirez** profondément et rejoignez la salle d'examen avec **détermination, sourire** et **énergie.**

- Enfin, dites-vous aussi qu'après le Grand oral, **vous serez probablement en vacances !** Prenez le temps de les imaginer…

> Rappelez-vous que le premier critère d'évaluation du Grand oral est « *la solidité des connaissances du candidat* ». Vous êtes bien préparé(e), vous connaissez votre sujet, votre support le prouve. Le jury s'en apercevra et cela vous garantit déjà une note bien supérieure à la moyenne.

CONSEIL 7

Anticipez l'échange sur votre projet d'orientation

Cette partie permet de préparer la suite de la discussion avec le jury. Nos conseils sur l'interaction, le sourire, le regard, l'écoute des questions restent les mêmes.
De plus, nous vous rappelons que quand vous passerez le Grand oral en juin ou en juillet, vos choix sur Parcoursup auront été validés depuis avril et vous aurez déjà reçu une grande partie de vos réponses.
Vous saurez donc si vous êtes ou non admis(e), ou en liste d'attente, et sur quelles formations.

Que dit le texte officiel ?

« Les 5 dernières minutes d'échanges avec le jury portent sur le projet d'orientation du candidat. Le candidat montre que la question traitée a participé à la maturation de son projet de poursuite d'études, et même pour son projet professionnel. »

Bienveillance

▶ **Vous allez parler de vous :** c'est un sujet que vous connaissez parfaitement. Vous vous adressez à des jurés bienveillants qui ne vous connaissent pas du tout, qui ne demandent qu'à mieux vous connaître et ne jugeront pas vos choix d'orientation.

1 Vous êtes prêt(e) !

- Il ne s'agit pas de justifier vos choix, mais de **montrer votre motivation.**
- Vous allez évoquer **vos choix, vos souhaits** et en aucun cas répondre à des questions de connaissances inattendues.
- **Vous devez connaître les principales formations** que vous allez évoquer : intitulé exact, mode d'accès, contenu de la formation, durée, organisation de l'enseignement, possibilités de poursuite d'études et débouchés préparés.
- Vous trouvez toutes les informations sur Parcoursup et sur le site des formations. Nous vous recommandons le site « Ma première année en » de l'ONISEP.
➜ onisep.fr
- **Vous devez connaître les attendus de ces formations** et **faire le lien** avec la question du Grand oral et vos choix de spécialités.

Il n'est évidemment pas nécessaire de connaître en détail toutes les formations auxquelles vous avez postulées sur Parcoursup, mais **uniquement celles dont vous comptez parler** durant la partie « orientation » du Grand oral.

Sachez expliquer vos démarches : comment vous êtes-vous informé(e), avez-vous participé à des Journées d'orientation dans votre lycée ou à un salon étudiant, rencontré un spécialiste de l'ONISEP, rencontré un(e) professionnel(le), participé à une Journée Portes Ouvertes d'établissement supérieur ?

2 Qu'est-ce qu'un projet professionnel ?

- Un projet professionnel est un intérêt pour un **métier, débouché, secteur d'activité** (par exemple : la transition écologique ou le numérique), voire un type d'entreprise, une association ou une organisation.
- Cela peut être aussi une envie de travailler et de vivre **dans un pays précis.**
- **Il est tout à fait normal que votre idée de projet professionnel ne soit pas encore claire** en Terminale et le jury ne vous en tiendra pas rigueur.

Par exemple, vous pouvez entrer en Droit sans savoir si vous serez juriste d'entreprise, avocat(e) ou magistrat(e). Les universités mènent à de nombreux débouchés. Les élèves des écoles d'ingénieurs ou de commerce se spécialisent tardivement. Un BTS ou un BUT sont souvent poursuivis par une spécialisation que vous ne pouvez pas connaître encore.

- Vous pouvez vouloir travailler dans le domaine de la santé, sans savoir ce que sera votre métier.

On sait que la moitié des métiers qui existeront dans 10 ans n'existent pas aujourd'hui !

> Servez-vous de vos « Projets de formation motivés » rédigés sur Parcoursup. Vous avez dû y exprimer votre intérêt pour les formations, les raisons pour lesquelles vous postulez et expliquer pourquoi vous êtes un(e) excellent(e) candidat(e).

3 Exploitez vos centres d'intérêts et vos activités extra-scolaires

- **Listez toutes vos activités extra-scolaires :** activités associatives, sportives, artistiques, engagements, jobs, stages, gardes d'enfants, soutien scolaire, animation, etc.
- **Entraînez-vous à évoquer vos activités extra-scolaires** pour mettre en avant vos **qualités** en phase avec vos choix d'orientation, voire votre projet professionnel.
- Rappelez-vous en détail ce que vous avez réalisé ou effectué et **recherchez les qualités** que cela met en évidence chez vous (voir les exemples ci-dessous).
- Vous pouvez également **évoquer un voyage qui vous a marqué(e)**, une **rencontre**, un **article**, un **produit** ou une **marque** qui vous intéressent.
- Vous pourrez ensuite **faire le lien entre ces qualités et les métiers / débouchés / secteurs** qui vous intéressent.
- **Voici quelques exemples de liens possibles** avec des activités extra-scolaires.
  - Un **baby-sitting** régulier prouve la fiabilité, l'autonomie, la confiance que l'on vous accorde, la ponctualité, la responsabilité, la volonté de travailler, la pédagogie, la créativité, l'intérêt pour les enfants, etc.
  - Être membre d'une **équipe sportive** permet de montrer l'esprit de compétition, l'endurance, l'engagement, l'esprit d'équipe, la fiabilité, la volonté de s'améliorer, etc.
  - Un **job de serveur(euse)** ou dans un fast-food suppose le sens du contact, la responsabilité, l'esprit d'équipe, l'endurance, le sens du relationnel, la volonté de travailler, etc.

- Être **délégué(e) de classe ou éco-délégué(e)** implique de la responsabilité, de la solidarité, une capacité de communication, de l'engagement, etc.
- **Jouer d'un instrument** de musique demande de la créativité, du sens artistique, de la rigueur, de la persévérance, de la confiance en soi.

• **Bien préparée, la partie « orientation » de l'entretien vous permettra de conclure brillamment votre Grand oral.**

4 Exemples de questions probables

• **Voici une série de questions dont certaines vous seront probablement posées et que vous pouvez anticiper et préparer.**

• **Entraînez-vous** afin de maîtriser vos réponses et de ne pas improviser, ni chercher vos mots durant le Grand oral. Même bienveillant, le jury ne comprendra pas que vous soyez hésitant(e) à propos de sujets qui vous concernent personnellement.

• Partez de vos deux questions, de vos exposés et de votre/vos projet(s) d'orientation afin de **personnaliser** le plus possible ces questions et vos réponses.

• **Essayez aussi d'imaginer des questions de ce type** déclenchées par votre exposé.
→ Partie 1 Étape 7, p. 48 et Partie 3, p. 90

- Quels sont vos **principaux choix d'orientation** sur Parcoursup, pour quelles raisons avez-vous fait ces choix ?
- Quel est le **lien entre la question que vous avez traitée et votre orientation** ?
- Quel est le **lien entre la (les) spécialité(s)** que vous avez choisie(s) et **votre orientation** ?
- En quoi la question que vous avez choisie **éclaire vos choix d'orientation**, voire votre projet professionnel ?
- **Comment vous êtes-vous informé(e)** à propos de votre orientation ? Quelles démarches avez-vous entreprises ?
- Pour exercer le métier que vous envisagez, **quelles sont les différentes voies d'orientation possibles** ? Pourquoi avez-vous choisi celle-ci ?
- Qu'est-ce qui vous intéresse dans le **métier / débouché / secteur d'activité** que vous envisagez ?
- Avez-vous déjà pu **discuter ou échanger** avec des **personnes ayant suivi les mêmes études** que celles que vous allez commencer à la rentrée prochaine ?
- Avez-vous déjà **discuté ou échangé** avec des **personnes qui travaillent dans le métier / débouché / secteur d'activité** qui vous intéresse ?
- Avez-vous déjà effectué des **stages** lors de votre scolarité ?
- Comment vos **activités extra-scolaires** vous seront-elles utiles pour le métier que vous visez ?
- Selon vous, y aurait-il des **compétences que vous avez développées** pour préparer ce Grand oral qui pourraient vous être utiles dans votre projet d'orientation ? Si oui, lesquelles ?

→ Soyez prêt(e) à échanger avec le jury sur votre projet d'orientation

PHYSIQUE-CHIMIE

Exemples d'échanges avec le jury concernant le projet d'orientation, suite à un exposé oral répondant à la question « *Comment protéger la coque en acier d'un bateau de la corrosion ?* ».

→ p. 18

Quelle a été votre motivation pour choisir de traiter cette question ? Est-ce lié à votre projet d'orientation ?

J'ai toujours été intéressé(e) par la marine et j'ai toujours voulu en faire mon métier. Dès la Seconde, j'ai regardé quelles spécialités il fallait choisir pour essayer de faire un des métiers de mes rêves : ingénieur(e) en construction navale. Selon les attendus sur Parcoursup, ce métier demande des compétences approfondies en physique et en chimie, ainsi qu'en mathématiques pour pouvoir intégrer l'École navale de Brest ou l'École centrale de Nantes par exemple. J'ai donc suivi cette année les spécialités Physique-Chimie et Mathématiques (car j'apprécie aussi énormément ces deux matières) en prenant en plus comme option Mathématiques complémentaires. Mes bons résultats de cette année m'ont permis d'intégrer, en cas de réussite au baccalauréat, une classe préparatoire aux grandes écoles PCSI qui me permettra je l'espère d'intégrer une de ces écoles d'ingénieurs dans deux ans.

Cette année, en Terminale, j'ai donc cherché des questions en lien avec la marine et, comme j'apprécie la chimie, j'ai cherché un sujet dans ce domaine. Lorsque nous avons étudié l'évolution spontanée d'un système chimique, un exercice portait sur la corrosion et les dégâts qu'elle engendre sur les structures en acier. Après en avoir discuté avec mon professeur, j'ai décidé d'approfondir cette question dans le domaine maritime car elle permettait d'allier théorie et expérience.

Si votre projet d'orientation est **lié à la question** traitée lors du Grand oral, expliquez en quoi la (les) spécialité(s) choisie(s) vous seront utiles dans vos études supérieures.

N'hésitez pas à **donner le maximum d'informations** sur votre projet professionnel, ainsi que sur vos choix de spécialités en Terminale.

Expliquez **comment vous avez choisi la question traitée** lors du Grand oral, ainsi que son **intérêt**. Si votre question a peu de lien avec votre projet d'orientation, indiquez ce que vous a malgré tout apporté le Grand oral pour vos études supérieures, par exemple le développement de vos compétences oratoires.

PHYSIQUE-CHIMIE

Exemples d'échanges avec le jury concernant le projet d'orientation, suite à un exposé oral répondant à la question « *Comment fonctionne un casque audio à réduction de bruit active ?* »
→ Sujet 4 p. 113.

- **Quels sont à votre avis les avantages et les inconvénients du métier que vous avez évoqué lors de votre exposé oral ?**
- **Avez-vous déjà pu discuter ou échanger avec des personnes ayant suivi les mêmes études que celles que vous allez commencer à la rentrée prochaine ?**

« J'ai évoqué avec vous le métier de **responsable de recherche et développement.**

Concernant ses avantages, je dois dire que j'en vois beaucoup : avant tout le côté exaltant du métier. Etre toujours à la recherche de solutions innovantes, travailler sur des nouveaux concepts, etc. Un autre avantage est bien entendu le salaire. Ce qui me plaît également est le fait de travailler en équipe car on ne peut pas faire de la recherche et du développement seul. Enfin, j'ai lu que les équipes étaient souvent internationales.

Commencez par parler des **avantages** du métier qui vous intéresse avant d'évoquer ses inconvénients.

Malheureusement, je n'ai pas pu en discuter avec quelqu'un puisque je ne connais personne exerçant ce métier. En revanche, je suis allé sur des sites Internet d'écoles d'ingénieurs où j'ai pu voir des témoignages vidéos d'anciens étudiants, ayant choisi la recherche et le développement dans le domaine du son, et aussi dans celui des énergies renouvelables. Ils semblaient tous passionnés.

Parlez de vos **recherches** sur Internet et des **témoignages** qui vous ont conforté dans votre choix.

Quant aux inconvénients, il y en a plusieurs. Pour commencer la longueur et la difficulté des études, puisqu'il faut au moins cinq ans pour obtenir un diplôme d'ingénieur, et idéalement huit pour être docteur dans le domaine choisi. Mais aussi leur coût pour ma famille et moi.

En conclusion, malgré les inconvénients, c'est un métier que j'aimerais exercer, car il me semble passionnant. »

- N'ayez pas peur de parler de vos **doutes**, de vos **craintes**, de vos **ressentis**. Les questions posées par le jury ouvrent volontairement à la discussion.
- Les métiers parfaits n'existent pas. Le fait d'émettre des critiques ou des doutes est normal. Cela ne vous pénalisera en aucun cas.

CONSEIL 8

Aspects pratiques avant le Grand oral

1 Comment réviser ?

- Révisez et répétez **mentalement ou à haute voix** avec des phrases complètes :
– **vos exposés :** en particulier l'introduction et la conclusion ;
– **vos supports :** entraînez-vous à les rédiger en dix minutes environ.
- **Révisez les réponses aux questions probables.**
- Entraînez-vous à **expliquer vos choix d'orientation** et votre situation sur Parcoursup.
- **Révisez les thèmes des programmes de spécialités** spécifiques au Grand oral.
- **Relisez les parties de programme** dans lesquels vous êtes moins à l'aise.
- **Évitez de trop travailler la veille du Grand oral**, surtout le soir.

Actualité

Intéressez-vous à l'actualité des derniers jours, afin de vous en servir, le cas échéant, dans votre exposé ou vos réponses aux questions des jurés.

2 Vos préparatifs

- **Vérifiez le temps nécessaire** pour vous rendre dans le lycée où vous passerez le Grand oral. Assurez-vous que les transports fonctionneront normalement.
- **Réunissez les documents obligatoires :** justificatif d'identité, convocation et document validé présentant vos deux questions.
- **Préparez une trousse** contenant tout le matériel nécessaire à la réalisation de vos supports.
- **Prévoyez une montre** ou un **minuteur**, une **bouteille d'eau**, un **encas** (barre de céréales ou fruit) au cas où vous en auriez besoin (évitez les produits salissants).

On n'est jamais trop prudents

Utilisez deux réveils et demandez à quelqu'un de votre entourage de vérifier que vous êtes levé(e) à l'heure prévue !

3 Votre tenue

- **Prévoyez une tenue propre, simple** et **sobre** dans laquelle vous serez **à l'aise**.
- **Évitez les tee-shirts**, les survêtements, les lacets défaits, les bijoux ou accessoires extravagants.
- Il n'est pas nécessaire de venir en « costume-cravate », avec des talons hauts ou une tenue trop élégante.
- **Préparez la veille du Grand oral votre tenue complète.**

Soyez à l'aise

Ne mettez pas une tenue neuve, évitez les chaussures trop petites ou les vêtements trop serrés !

Le jour J devant le jury

Enfin le Grand oral commence ! Vous verrez que vous pouvez y prendre du plaisir et obtenir d'autant plus une meilleure note. Nous allons insister ici sur certains points qui vous feront réussir le jour J.

Nous supposons que vous avez suivi nos conseils et ceux de vos enseignants, et que vous avez efficacement préparé vos réponses aux questions, la discussion avec le jury et ce qui concerne votre orientation.

Ne croyez surtout pas qu'être « à l'aise à l'oral » vous suffira pour réussir votre Grand oral. Bien au contraire, montrer un talent oratoire sans contenu risque de vous pénaliser. Le Grand oral est l'épreuve finale du Bac avec un coefficient important qui exige de la préparation !

1 Ayez confiance en vous et en le jury

- **La préparation de vos questions et des supports** tout au long de l'année vous mettra en confiance. Vous ne risquez aucune mauvaise surprise.
- **Le non-verbal** pèse moins que le contenu que vous avez préparé et anticipé.
- Votre public, le jury, est **bienveillant** et connaît les élèves de Terminale.
- **Le trac** va vous motiver et donner de la force à votre oral.

2 Faites une bonne première impression !

- **Dites un « *Bonjour !* » naturel, souriant** et bien **audible** en entrant dans la salle avant de remettre au jury le document présentant vos deux questions.
- **Entrez dans la salle la tête haute** et sans hésitation ; vous n'êtes pas un intrus : le jury vous attend.
- **Démarrez avec énergie, des sourires sincères et regardez les jurés dans les yeux.** Ce premier contact est fondamental, car la première impression est durable.
- **Gardez la même énergie** durant tout le Grand oral.

Dire bonjour ? Serrer les mains ?

- Inutile de préciser « *Bonjour Madame* », « *Bonjour Mesdames* », « *Bonjour Messieurs* », *ni* « *Bonjour Madame et Monsieur* », ce serait un peu forcé.
- Inutile de serrer la main aux jurés.

3 Demandez aux membres du jury quelles disciplines ils enseignent

- S'ils ne vous le disent pas spontanément, nous vous recommandons de **demander aux membres du jury la discipline dans laquelle ils enseignent** après qu'ils vous auront indiqué la question qu'ils ont choisie. Cela montrera de la maturité et de l'intérêt pour vos interlocuteurs. Cela vous permet aussi de savoir « à qui vous avez affaire », cela rend toujours les choses plus claires.
- **Si un des professeurs enseigne la spécialité de la question choisie**, vous pourrez vous « appuyer » sur lui, il vous comprendra et sera susceptible de vous poser des questions sur le programme. Attention à **ne pas « oublier » l'autre enseignant**.
- Connaître la discipline enseignée par l'autre professeur vous permettra peut-être d'y faire référence durant l'exposé ou la discussion. Cela montrera votre à-propos et sera très apprécié.
- Cela n'est pas obligatoire, mais vous pouvez y réfléchir une ou deux minutes durant le temps de préparation : « Quel lien y a-t-il entre mon sujet et telle discipline ? ».
- **Si l'un des jurés est professeur-documentaliste,** la référence à votre CDI sera appréciée.
- **Rappelez-vous qu'un des deux membres du jury ne sera pas forcément un enseignant de la spécialité** choisie. Soyez pédagogue dans tous les cas.

Repérez-vous

Afin de savoir où vous en êtes dans les 5 minutes, prévoyez quelques repères intermédiaires à des moments précis de votre exposé. Vous pouvez tout à fait regarder votre montre une ou deux fois durant l'exposé pour vous assurer que vous êtes dans les temps.

4 Bien parler : une question de techniques

Quelques rappels utiles

- Vous parlez à des jurés, à des **« vrais gens »** : votre exposé n'est pas un monologue. Vous ne parlez pas à un mur, ni à un grand groupe lointain.
- **Regardez les deux membres du jury** et adressez-vous directement à chacun d'eux. Ils doivent le ressentir.
- **Dites « *Je* » et engagez-vous.** Impliquez-vous dans l'exposé et les discussions avec le jury.
- **Articulez** du début à la fin de vos phrases, faites attention au **volume** de votre voix, à votre **débit**, à la longueur de vos phrases.
- **Faites des pauses** durant votre exposé et avant de répondre. Évitez la monotonie en variant votre **intonation**.
- **Placez-vous au centre de la pièce,** à environ deux mètres du jury, bien ancré(e). Évitez de trop bouger, il n'est pas nécessaire de marcher dans la pièce.

- Montrez que vous avez travaillé : ce n'est pas du « fayotage », c'est ce que l'on attend de vous. Au-delà d'une très bonne note, cela vous procurera une grande satisfaction.
- En remettant un support au jury, vous prouvez votre travail et soutenez votre Grand oral.
- Ne craignez pas de paraître trop préparé(e). Craignez plutôt l'inverse.
- Vous entraîner ne vous empêchera pas d'être spontané(e) le jour J.

- Pensez à **sourire** et à **utiliser vos mains** pour accompagner vos propos quand cela est nécessaire.

- **Concentrez-vous sur le jury et le contenu.** Ne vous préoccupez pas trop des gestes parasites, ni des tics de langage. Si vous bafouillez ou vous grattez le nez… ce n'est pas grave !

5 Si ça ne va pas pendant le Grand oral

- **Si vous avez un moment de panique** ou un **trou de mémoire** durant votre exposé, arrêtez-vous et prenez le temps de respirer (si le jury s'en aperçoit, ce n'est pas grave).

- **Vous pouvez aussi le dire aux jurés :** il est possible que l'un d'eux vous relance car le professeur de spécialité connaît certainement le sujet.

- **Votre support** peut aussi être utile au jury pour vous relancer.

- **Essayez de retrouver un repère** dans votre exposé, un mot-clé, un exemple et reprenez calmement.

- Au pire, si vous oubliez quelque chose, passez au point suivant… le jury ne savait pas que vous alliez le dire ! Si cela « vous revient » plus tard, débrouillez-vous pour l'évoquer ou le « placer » dans la discussion.

- Si malgré votre préparation et votre entraînement, vous êtes trop stressé(e) le jour J : dites-le au jury. Il sera bienveillant et en tiendra compte si vous **montrez que vous avez travaillé**.

- Si vous ne connaissez pas la réponse à une question ou si vous n'avez pas compris une question, **ne restez pas muet(te), dites-le et demandez des précisions**.

6 Erreurs et conséquences

- Votre support est **bâclé, mal écrit, avec des fautes d'orthographe** : vous montrez dès le début du Grand oral que vous n'avez pas préparé convenablement cette épreuve.

- Vous utilisez un registre **trop familier** : vous ne respectez pas le jury.

> **À savoir**
> - Rédiger un support est conseillé, mais pas obligatoire.
> - Mieux vaut ne rien donner au jury plutôt qu'un mauvais support.

- Votre posture ou votre tenue ne sont pas « correctes » ; **mains dans les poches, affalé(e) sur la chaise, votre jean est troué,** etc. : vous ne respectez pas le jury.

- **Vous ne semblez pas impliqué(e),** vous ne semblez pas être intéressé(e) : le jury ne s'intéressera pas non plus à vos propos !

- **Vous ne regardez pas dans les yeux** chaque membre du jury : le jury ne se sent pas concerné.

- Votre exposé est **trop technique, mal expliqué, confus** : le juré non spécialiste ne comprendra pas votre exposé.

- **Vous ne parlez pas à voix haute ni audible,** vous êtes trop hésitant(e) : le jury est contraint de faire des efforts pour vous entendre et il est possible qu'il ne vous « écoute » pas vraiment.
- **Vous bougez trop :** vous distrayez inutilement l'attention des jurés.

7 Durant la discussion

- **Il y aura assez peu de questions,** chacune doit vous permettre de marquer des points.
- **Évitez les réponses fermées** (« *oui* », « *non* », « *exactement* », « *je suis d'accord* ») et développez.
- **Évitez aussi bien les phrases trop longues…** que les réponses trop courtes.
- **Écoutez les questions jusqu'à la fin,** n'interrompez pas les jurés. Assurez-vous d'avoir bien compris chaque question, si besoin n'hésitez pas à la reformuler.
- **Prenez du temps pour réfléchir** avant de répondre.

Astuce

- Vous pouvez donner votre opinion, ce n'est pas votre avis qui sera évalué si vous savez l'argumenter.
- Suivez l'actualité et si possible, faites-y référence.
- Relisez l'**Étape 7 de la Partie 1 → p. 48**

8 Vous avez « les derniers mots »

- **Attirez l'attention des jurés sur votre conclusion** de l'exposé. Faites une pause, puis dites, par exemple : « *Pour terminer…* » ; « *Pour conclure…* » ; « *Enfin…* ».
- Concluez à la toute fin du Grand oral en restant souriant(e), droit(e), en confiance.
- **Vous pouvez simplement remercier les jurés** pour le temps qu'ils vous ont consacré ou pour leur écoute, terminer par une allusion souriante à ce qui s'est dit durant le Grand oral, et si tout s'est bien passé et que tout le monde est détendu, même leur souhaiter de bonnes vacances…
- Et de la même manière que vous avez dit « *Bonjour* », dites « *Au revoir* » !

À LA FIN DU GRAND ORAL

- ✓ Nous espérons que vous aurez un sentiment de satisfaction du travail accompli, surtout si vous vous êtes impliqué(e) totalement et que vous avez cherché à obtenir la meilleure note possible en marquant le jury par votre travail et par la qualité de votre oral.
- ✓ Vous pourrez partir en vacances sereinement en vous disant que vous avez franchi une nouvelle étape qui vous a préparé(e) pour l'enseignement supérieur.

PARTIE 3

QUESTIONS RÉDIGÉES ET COMMENTÉES

MATHS

PHYSIQUE-CHIMIE

MATHS PHYSIQUE-CHIMIE

Comment utiliser ces questions rédigées et commentées

Ces sujets complets, rédigés par des enseignants, ne sont surtout **pas des modèles**, mais des exemples pour vous montrer **comment appliquer tous les conseils de préparation** des Parties 1 et 2. **En aucun cas vous ne devez reprendre l'un de ces sujets pour votre exposé du Grand oral.** Vous trouverez **pour chaque sujet** :

- **le contexte** et l'**intérêt** de la question ainsi que des **références aux programmes** de vos spécialités ;
- des exemples de ressources utiles pour préparer **tout au long de l'année** l'**exposé et la discussion**, ainsi que des exemples de **métiers** pour préparer l'échange sur votre projet d'**orientation** ;
- pour **le jour J** : un exemple de **support** et d'**exposé oral complet**, accompagnés de commentaires méthodologiques et des exemples de questions que le jury pourrait poser dans les parties « discussion » et « orientation ».

Étudier ces sujets complets vous donnera un très bon éclairage sur la manière de travailler vos propres sujets.

SUJET 1 MATHS

Comment calculer ses chances de gagner dans un jeu de hasard ?

Le contexte

- Depuis le XIXe siècle, en France, les jeux de hasard sont interdits. Cette interdiction de principe est fondée sur une loi de 1836, qui proscrit les loteries et toute opération susceptible de faire naître auprès du public l'espoir d'un gain obtenu grâce au « hasard ». Depuis la création de la Loterie nationale en 1933, à l'initiative des « gueules cassées », L'État a accordé des droits exclusifs à la Française des jeux, au Pari mutuel urbain, à l'Agence nationale des jeux et aux casinos.
- Ce secteur économique concerne plusieurs dizaines de milliers d'emplois, directs et indirects, et a généré en 2017 un chiffre d'affaires de 10,4 milliards d'euros. Cependant, c'est également un enjeu médical et sociétal, puisque les jeux d'argent sont considérés comme addictifs et coûteux pour les familles.

DOC. 1. Les problèmes liés aux jeux d'argent.

- Les activités liées aux jeux d'argent « problématiques » sont souvent accompagnées de perceptions négatives (par le joueur et par des tiers) et de conséquences financières et psychologiques parfois dramatiques.

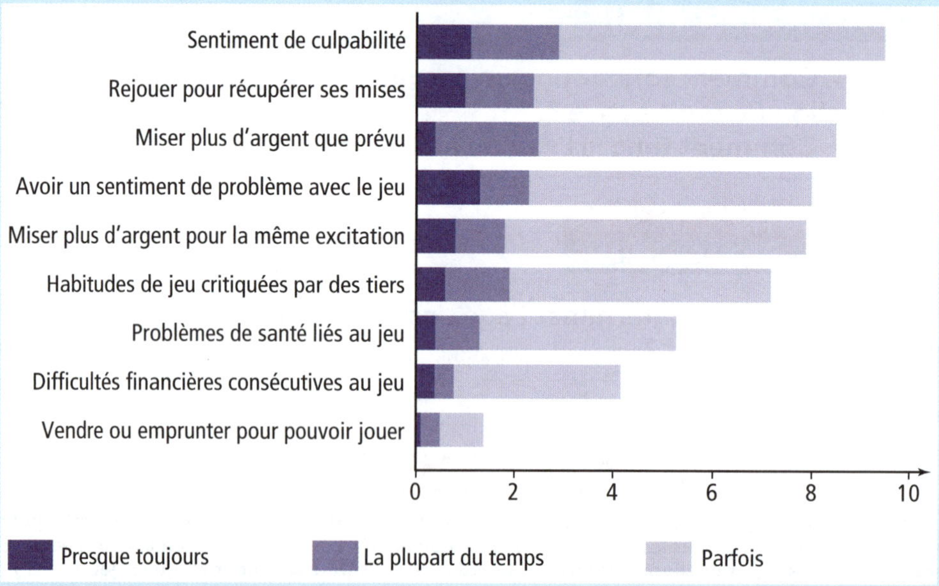

▲ **Fréquence de rencontre des critères du jeu problématique parmi les joueurs actifs âgés de 18 à 75 ans (en %).**

Source : Baromètre santé 2010, module Jeux de hasard et d'argent, INPES/OFDT

Tout au long de l'année

- Dans un premier temps, **lisez vos cours de T^erm^ spécialité Mathématiques** sur le **dénombrement** et la **combinatoire**, en particulier ce qui concerne le principe multiplicatif et les combinaisons.
- Cherchez sur Internet quelques **jeux de hasard** afin de comprendre précisément comment ils fonctionnent, puis imaginez les règles d'un ou deux jeux qui vous permettront d'illustrer ces principes mathématiques.
- Enfin, **consultez des sites Internet** utilisant les mots clefs : jeux de hasard et mathématiques, jeux de hasard et probabilité, produit cartésien.

Pour aller plus loin

- Recherchez des informations sur l'addiction aux jeux d'argent chez les jeunes, en particulier les paris sportifs et les jeux de poker en ligne.
- Explorez d'autres jeux de hasard qui pourraient être évoqués lors de l'entretien.

Ressource utile

DOC. 2. Quelques jeux de hasard.

- Les jeux de hasard font partie des jeux de société préférés des Français. Joués en famille ou dans des salles des fêtes, ils intéressent toutes les générations.

Autres ressources possibles

→ **Utilisez d'autres notions de probabilités** pour effectuer le calcul des probabilités de gagner pour un autre jeu de « hasard ».

→ **Modifiez les règles des jeux proposés** et intéressez-vous à l'impact de ces changements sur les probabilités de gagner :
- proposez une grille dans laquelle figurent moins de numéros ;
- proposez une même grille, mais pour laquelle il faut trouver davantage de numéros pour gagner.

→ Imaginez un jeu analogue, avec une grille de départ qui comporte moins de numéros, mais dans lequel l'**ordre de sortie des numéros** serait pris en compte pour gagner.

Métiers et choix d'orientation possibles

Statisticien(ne)

› Analyser les nouvelles tendances, évaluer les comportements de la population face à une situation nouvelle, confronter des opinions à des données collectées, par exemple grâce à des sondages, etc.
Le (la) statisticien(ne) collecte l'information, la traite et l'analyse de manière scientifique, donc impartiale. Son travail consiste ensuite à présenter ses conclusions de manière concise, précise et lisible, par exemple sous forme de graphique, afin d'aider son employeur (qui peut être l'État) à prendre les meilleures décisions.

Formation Bac +3

Bachelor universitaire de technologie (BUT) « Statistique et informatique décisionnelle », licence de mathématiques et d'informatique appliquées aux sciences humaines et sociales ou licence professionnelle des métiers du décisionnel et de la statistique.

Actuaire

› Afin d'évaluer les risques permettant d'orienter les choix de son entreprise, l'actuaire est avant tout un mathématicien qui jongle avec aisance entre les statistiques, l'informatique et les probabilités. Il (elle) intervient dans différents secteurs et analyse les tendances économiques, environnementales, politiques, etc.
Souvent employé(e) par des banques ou des compagnies d'assurances, il (elle) est un rouage essentiel pour la rentabilité de la société qui l'emploie. Très recherché, l'actuariat offre des salaires élevés et de nombreuses perspectives de carrière.

Formation Bac +5

Diplôme de grandes écoles de commerce ou :
– diplôme de statisticien de l'institut de statistique Paris VI, mention actuariat ;
– diplôme d'ingénieur de l'École nationale de la statistique et de l'administration économique du Groupe des écoles nationales d'économie et statistique (ENSAE) ;
– diplôme d'université (DU) Actuaire ;
– master actuariat, finance, mathématiques appliquées ou statistiques.

Le jour J

40 min

Exemple de support

20 min. temps de préparation

Nathan live!

Comment calculer ses chances de gagner dans un jeu de hasard ?

Le jeu 1

Grille

← On coche 5 numéros

← On coche 1 numéro

$E = \{1 ; 2 ; 3 ; \dots ; 49\}$

On choisit un sous-ensemble à 5 éléments de E

=

une combinaison à 5 éléments de E

↳ $\binom{49}{5}$ choix = 1 906 884 choix

$F = \{1 ; 2 ; 3 ; \dots ; 10\}$

On choisit un sous-ensemble à 1 élément de F

=

une combinaison à 1 élément de F

↳ $\binom{10}{1}$ choix = 10 choix

Principe multiplicatif : $\binom{49}{5} \times \binom{10}{1}$ = 19 068 840 grilles possibles

1 seule de ces grilles rapporte le gros lot, donc $p = \dfrac{1}{19\,068\,840}$

Bien expliquer

Quand on coche 5 numéros dans une grille, il n'y a pas de répétition : on ne coche pas deux fois le même numéro.

Gagnez des points !

Maîtriser les termes utilisés : cocher 5 numéros, c'est choisir un sous-ensemble à 5 éléments distincts de E, c'est donc choisir une **combinaison** à 5 éléments de E.

Le jeu 2

Grille

← On coche 5 numéros

← On coche 2 numéros

Même raisonnement :

$E' = \{1 ; 2 ; 3 ; \dots ; 50\}$ et $F' = \{1 ; 2 ; \dots ; 12\}$

Au total :

$\binom{50}{5} \times \binom{12}{2}$ = 139 838 160 grilles possibles

Donc $p' = \dfrac{1}{139\,838\,160}$

Piège à éviter...

Le principe multiplicatif n'est pas appliqué au produit cartésien E × F, mais à A × B, avec A : ensemble des combinaisons à 5 éléments de E et B : ensemble des combinaisons à 1 (ou 2) élément(s) de F.

Exemple de présentation orale 5 min

Comment calculer ses chances de gagner dans un jeu de hasard ?

« Selon une enquête de 2019, publiée sur le site de l'Observatoire français des drogues et des toxicomanies, 47,2 % des français ont joué au moins une fois à un jeu d'argent et de hasard au cours de l'année écoulée. Par exemple, certains membres de ma famille sont des joueurs réguliers. Cela m'a donné l'idée de m'interroger sur les jeux de hasard et le calcul des chances de gagner à ces jeux, d'autant plus que cela fait appel à des notions de Terminale en spécialité Mathématiques : le dénombrement et la combinatoire.

J'ai donc imaginé un premier jeu, de type loto, que j'appellerai le jeu numéro 1.

Supposons qu'un carton de ce jeu soit composé de deux grilles : l'une de 49 numéros, de 1 à 49 ; et l'autre de 10 numéros, de 1 à 10. J'ai schématisé ces grilles sur mon support. Pour jouer, il faut cocher 5 numéros dans la première grille et 1 numéro dans la seconde. Le joueur gagne lorsque les 6 numéros cochés sont corrects. D'un point de vue mathématique, si je note E l'ensemble des entiers naturels de 1 à 49, alors cocher 5 numéros dans la première grille revient à choisir un sous-ensemble de E à 5 éléments, autrement dit, une combinaison à 5 éléments de E.

Gagnez des points !

Pensez à citer vos sources : site Internet, institut d'études, etc. Cela illustre un travail sérieux et documenté, ce qui sera apprécié par le jury.

Introduction

Expliquez votre intérêt pour la question que vous présentez lors du Grand oral.

Astuce

Faites référence à votre support durant l'exposé pour aider le jury à mieux comprendre votre raisonnement.

Soyez précis(e)

Montrez que vous maîtrisez les notions travaillées durant l'année lors de l'enseignement de la spécialité Mathématiques.

Pourquoi une combinaison ? Parce que l'ordre dans lequel les numéros sont cochés n'a pas d'importance et on peut noter en plus qu'il n'y a pas de répétition. Or, d'après une propriété du cours, le nombre de combinaisons à 5 éléments pris dans un ensemble à 49 éléments est : « 49 combinaison 5 », c'est-à-dire « factorielle 49 divisé par le produit factorielle 5 factorielle 44 » soit 1 906 884 choix.

Concernant la seconde grille, en tenant le même raisonnement et en posant F l'ensemble des entiers naturels de 1 à 10, je constate que cocher 1 numéro de cette grille revient à choisir une combinaison à 1 élément de F. Et d'après la même propriété, le nombre de combinaisons à 1 élément pris dans un ensemble à 10 éléments est : « 10 combinaison 1 », c'est-à-dire 10 choix.

Pour en déduire le nombre total de choix, je dois introduire deux nouveaux ensembles. Je note A l'ensemble des combinaisons à 5 éléments de E (je vous rappelle que A contient 1 906 884 éléments) et je note B l'ensemble des combinaisons à 1 élément de F (B contient lui 10 éléments, les entiers de 1 à 10). Le remplissage d'un carton du jeu numéro 1, coché avec les 6 numéros, revient donc à prendre un élément du produit cartésien $A \times B$. Or, d'après une propriété du cours appelée principe multiplicatif, le nombre d'éléments du produit cartésien $A \times B$ est égal au produit du nombre d'éléments dans A et du nombre d'éléments dans B. J'en déduis que le nombre de choix possibles, c'est-à-dire le nombre de cartons de jeu différents est 1 906 884 × 10, c'est-à-dire 19 068 840.

Parmi tous ces cartons possibles, un seul est gagnant. La probabilité qu'un joueur gagne grâce à son carton est donc de 1 sur 19 068 840 (de l'ordre de 5×10^{-8}).

Imaginons maintenant un autre jeu du même type, que j'appellerai le jeu numéro 2.

Faites des pauses !

Laissez des silences d'une ou deux secondes entre les différents paragraphes, votre exposé sera plus compréhensible.

Supposons qu'un carton de ce jeu soit encore composé de deux grilles : l'une de 50 numéros, de 1 à 50 et l'autre de 12 numéros, de 1 à 12. Pour remplir un carton, un joueur doit cocher 5 numéros dans la première grille et 2 numéros dans la seconde. Le joueur gagne lorsque les 7 numéros cochés sont corrects.

J'utilise le même raisonnement et j'en déduis que le nombre de cartons différents est égal au nombre de combinaisons à 5 éléments parmi 50 multipliée par le nombre de combinaisons à 2 éléments parmi 12. J'obtiens 139 838 160. Comme un seul de tous ces cartons permet de gagner, la probabilité qu'un joueur gagne grâce à son carton est donc de 1 sur 139 838 160 (soit environ 7×10^{-9}).

Pour finir, je constate que le gain du gros lot à certains jeux de hasard continue de faire rêver, malgré les probabilités extrêmement faibles. C'est vrai qu'il y a le plaisir de jouer, mais des enquêtes de santé publique ont été réalisées en 2014 et en 2019 : sans surprise, certaines données, que je pourrai vous détailler si vous le souhaitez, mettent malheureusement en évidence une addiction importante de certains Français, avec des conséquences psychologiques et économiques désastreuses pour les joueurs et leur famille.

Connecteurs

Insistez sur les connecteurs lors de votre exposé oral afin de faire comprendre au jury quand vous commencez votre conclusion par exemple.

Enfin, concernant mon orientation, les recherches que j'ai menées pour répondre à cette question m'ont permis de comprendre l'importance des statistiques dans notre vie quotidienne. Cela m'a donc donné envie de faire des études pour devenir statisticien(ne) ou actuaire.

Je vous remercie de m'avoir écouté(e).

Nathan live! **Ressources à exploiter**

+ Podcast de l'exposé sur Nathan Live !

Exemples de questions pouvant être posées par le jury — 10 min

Questions pouvant être posées par un professeur de mathématiques

- Pourriez-vous nous donner la définition du mot dénombrement ?
  → Tᵉʳᵐ spécialité Mathématiques
- Connaissez-vous un mathématicien dont le nom est associé au dénombrement ?
  → Tᵉʳᵐ spécialité Mathématiques

- Pourriez-vous nous donner un autre exemple d'application du dénombrement dans la vie courante ?
  ➜ T^{erm} spécialité Mathématiques
- Vous avez évoqué le principe multiplicatif, pourriez-vous nous dire quelques mots sur le principe additif ? Vous pouvez le faire à partir d'un exemple.
  ➜ T^{erm} spécialité Mathématiques
- Pouvez-vous expliquer la différence entre un *k*-uplet d'un ensemble E à *n* éléments et une combinaison à *k* éléments de E ? Vous pouvez le faire à partir d'exemples. ➜ T^{erm} spécialité Mathématiques

Mettez en avant vos connaissances

Ne vous contentez pas de la présentation orale que vous allez proposer : creusez un peu le sujet (son aspect mathématique, sa place dans la société, son histoire, son actualité, etc.) et n'hésitez pas à illustrer vos réponses grâce à ces connaissances.

- Imaginons deux jeux tels que vous les proposez. Le premier comporte une grille de 1 à 20 et pour gagner, il faut choisir 2 bons numéros. Le second comporte une grille de 1 à 100 et pour gagner, il faut choisir 10 bons numéros. Lequel de ces deux jeux permet de gagner plus facilement ? ➜ T^{erm} spécialité Mathématiques

Questions pouvant être posées par un professeur d'une autre discipline

- Quel jeu choisiriez-vous si vous deviez choisir l'un des deux jeux que vous proposez ? Et pourquoi ?
- Connaissez-vous des mesures prises par l'État pour lutter contre l'addiction aux jeux de hasard ?
- Connaissez-vous d'autres jeux de hasard que l'on peut modéliser grâce à un autre raisonnement et en utilisant d'autres notions de probabilités ?
- Quels sont les aspects néfastes des jeux d'argent et de hasard ?

Gagnez des points !

Préparez-vous à répondre à des questions hors du cadre mathématique : ayez en tête quelques données marquantes, des statistiques, des exemples, etc.

Nathan live!

Quelques réponses possibles sur Nathan Live !

Exemples de questions liées à l'orientation — 5 min

Voir aussi Partie 2, Conseil 7 ➜ p. 80

- Quel lien faites-vous entre la question que vous avez traitée et le métier de statisticien(ne) que vous avez évoqué dans votre exposé ?
- Quand on évoque le métier de statisticien(ne), on pense à des organismes tels que l'INSEE. Avez-vous pris des renseignements sur le site de l'INSEE, par exemple, ou sur celui d'un autre organisme de statistiques ?
- Concernant le métier d'actuaire, quels sont les différents parcours d'études qui peuvent vous mener à ce métier ?
- Avez-vous pu discuter avec des actuaires afin qu'ils vous expliquent en quoi consiste leur quotidien ?

Pourquoi les modèles mathématiques évoluent-ils ?

Le contexte

- L'un des aspects les plus utiles des mathématiques est la construction de modèles. Ces modèles, fondés sur des socles théoriques, poursuivent plusieurs objectifs : comprendre des observations, être capable de reproduire des observations, anticiper des phénomènes afin de mieux les gérer. Ainsi, certains modèles sont dits descriptifs, alors que d'autres sont dits prédictifs.
- La modélisation mathématique intervient dans à peu près tous les aspects de la vie courante. En économie, elle permet une simulation approximative de certains aspects (PIB, taux de chômage, inflation, etc.). En démographie, elle décrit le nombre d'habitants et permet d'effectuer des prévisions. En biologie, elle simule le flux sanguin d'un animal ; en météorologie, le déplacement des anticyclones, etc.
- Vous pouvez vous intéresser à deux modèles mathématiques : les modèles continus de Malthus et de Verhulst. Ces deux modèles, dans leur construction initiale, visaient à décrire le même phénomène : la dynamique des populations. La comparaison de ces modèles vous permet, d'une part, de souligner vos connaissances sur l'histoire de mathématiciens et, d'autre part, d'expliquer pourquoi les modèles mathématiques évoluent.

DOC. 1. L'économiste Thomas Malthus et le mathématicien Pierre-François Verhulst.

▲ T. Malthus (1766-1834) était un pasteur anglais. Il s'intéressait à l'extension de la pauvreté en Angleterre.

▲ P.-F. Verhulst (1804-1849) était belge. Il s'est appuyé sur les travaux de T. Malthus et a amélioré son modèle.

Tout au long de l'année

- Dans un premier temps, lisez vos cours d'**Enseignement scientifique de Terminale** sur les **modèles démographiques**. Dans un deuxième temps, reprenez vos cours de **Terminale spécialité Mathématiques**, notamment sur les **équations différentielles**.
- Choisissez ensuite une **situation concrète** avec laquelle vous illustrerez les modèles continus de Malthus et de Verhulst afin de les comparer avec un **exemple**.
- Enfin **consultez des sites Internet** en utilisant les mots clés : évolution des populations, modèle exponentiel, modèle logistique, Malthus, Verhulst.

Pour aller plus loin

Recherchez des informations sur la notion de modèle mathématique et sur les vies de Thomas Malthus et de Pierre-François Verhulst.

Ressources à exploiter (Nathan live!)

Téléchargez sur Nathan Live les fichiers Geogebra associés aux modèles de Malthus et de Verhulst.

Ressource utile

DOC. 2. Allures des courbes de solutions de modèles.

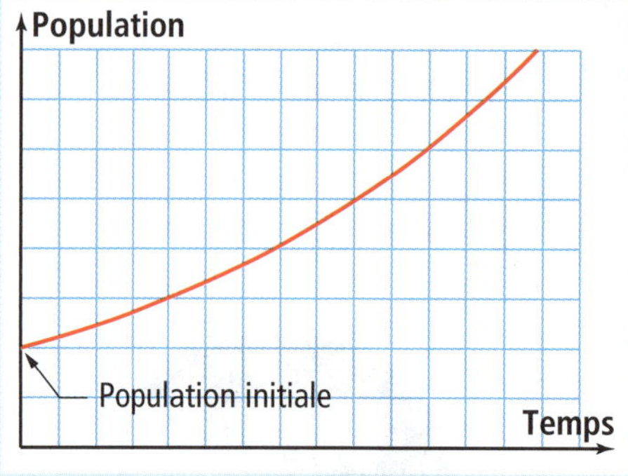

▲ Le modèle exponentiel de Malthus.

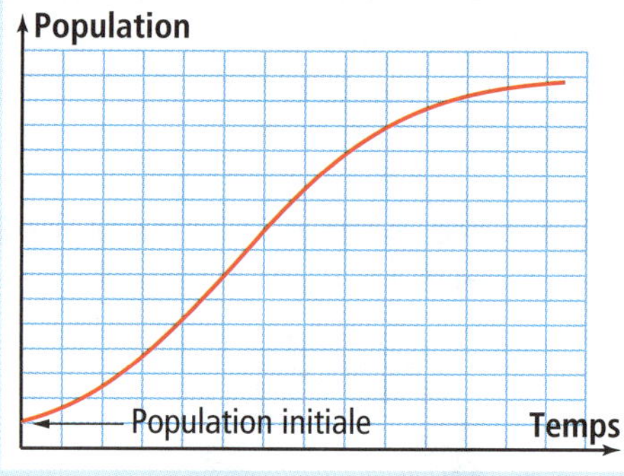

▲ Le modèle logistique de Verhulst.

Autres ressources possibles

- → Envisagez d'autres modèles dans lesquels la population serait **décroissante au cours du temps**.
- → Soyez capable de citer d'autres modèles, par exemple une **croissance linéaire** ou une **évolution polynomiale**.
- → Revoyez les **modèles discrets de Malthus et de Verhulst**.

Métiers et choix d'orientation possibles

Aérodynamicien(ne)

Spécialisé(e) dans la conception, l'aérodynamicien(ne) imagine, conçoit, développe, teste et améliore les modèles qu'il (elle) crée. Très à l'aise en mathématiques, il (elle) utilise régulièrement des logiciels de DAO et CAO (dessin et conception assistés par ordinateur). Ses objectifs ? Créer des objets plus performants ou améliorer des objets existants afin d'accroître leur autonomie, leur résistance, leur consommation en énergie, leur rentabilité, etc.

Formation **Bac +5**

Diplôme d'ingénieur spécialisé en aéronautique ou master mention aéronautique et espace, mécanique ou avec orientation thermodynamique, acoustique.

Ingénieur(e) mathématicien(ne)

Faire le lien entre des équations ou des théories mathématiques et des problèmes concrets est le quotidien de l'ingénieur(e) mathématicien(ne). Il (elle) travaille en équipe pluridisciplinaire dans tous les secteurs d'activité : industrie, banque, environnement, etc.

Formation **Bac +5**

Diplôme d'ingénieur généraliste ou spécialisé en mathématiques appliquées, informatique, etc. ou master dans le domaine des mathématiques appliquées ou du secteur informatique.

Biostatisticien(ne)

Particulièrement à l'aise en statistiques et en mathématiques, le (la) biostatisticien(ne) possède aussi des connaissances approfondies en biologie. Il (elle) intervient dans les domaines de la santé, de la biologie, de l'alimentaire, etc. Travaillant dans les laboratoires, il (elle) aide les chercheurs à planifier leurs expériences, à recueillir les données et à les interpréter. Il (elle) participe également à l'élaboration et à la vérification de modèles.

Formation

Licence professionnelle en biostatistique (**Bac +3**), master en biostatistique (**Bac +5**) ou diplôme d'ingénieur en biostatistique ou en épidémiologie (**Bac +5**).

Le jour J

40 min

Exemple de support

20 min. temps de préparation

Nathan live!

POURQUOI LES MODÈLES MATHÉMATIQUES ÉVOLUENT-ILS ?

Exemple choisi : population de renards dans une forêt
Au départ ($t = 0$) : 200 renards.
Au temps t, en années : $N(t)$ renards

MODÈLE DE MALTHUS = modèle exponentiel

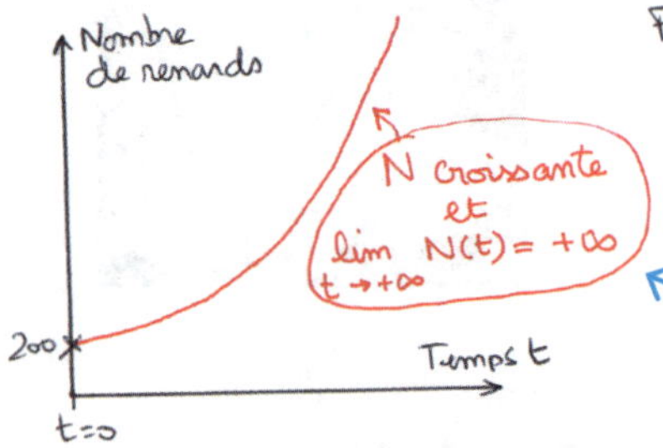

Fonction N solution de $N' = 0{,}05N$

Pour $t \geqslant 0$,
$N(t) = 200\,e^{0{,}05t}$

Bien expliquer

Soignez les graphiques et n'hésitez pas à y ajouter des détails, cela facilite la compréhension du jury. On pourrait ajouter le terme « asymptote » dans le deuxième graphique, pour le professeur du jury non mathématicien.

MODÈLE DE VERHULST = modèle logistique

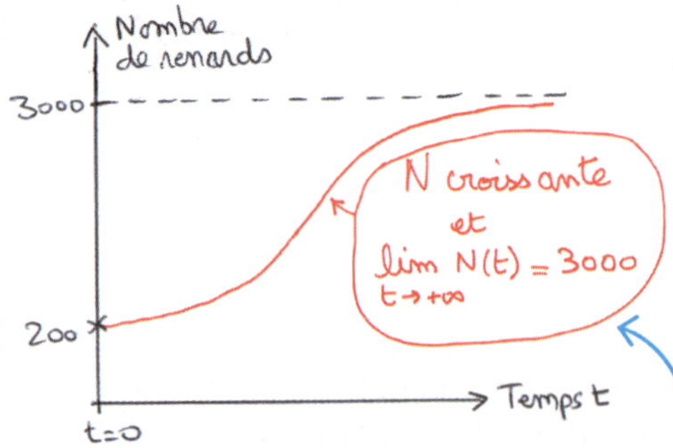

Fonction N solution de $N' = 0{,}05N\left(1 - \frac{N}{3\,000}\right)$

Pour $t \geqslant 0$,

$$N(t) = \frac{600\,000}{200 + 2800\,e^{-0{,}05t}}$$

Apprenez à vous justifier

Si une question porte sur les constantes 0,05 et 3 000, expliquez au jury que vous les avez choisies pour que l'exemple soit cohérent.

Piège à éviter

L'équation différentielle du modèle de Verhulst est du premier ordre (en raison de N'), mais n'est pas linéaire (en raison du N^2).

Exemple de présentation orale 5 min

Pourquoi les modèles mathématiques évoluent-ils ?

« Avant que je n'arrive au lycée, j'étais persuadé(e) que les mathématiques n'évoluaient jamais et que les théories mathématiques n'étaient jamais rediscutées. C'est la raison pour laquelle j'ai choisi de vous présenter ce sujet dans lequel je souhaite illustrer pourquoi des changements de modèles ont lieu régulièrement.

Gagnez des points !

Commencez par expliquer au jury le choix de votre sujet, pourquoi il vous intéresse.

Très tôt, les scientifiques se sont intéressés à la dynamique des populations, c'est-à-dire à l'évolution du nombre d'individus. Pour l'étude de la population d'une ville ou d'un pays, mais aussi pour surveiller des populations de nuisibles ou d'espèces en danger. Ces notions sont abordées dans le programme d'Enseignement scientifique. Elles m'ont tout de suite plu, et c'est pour cette raison que j'ai décidé de traiter cette question lors du Grand oral, en m'appuyant sur mes connaissances du programme de spécialité Mathématiques.

Faites des liens

Le jury appréciera que vous fassiez le lien entre votre question et vos cours d'enseignements communs et de spécialités.

Les premiers modèles mathématiques de dynamique des populations sont dus à l'économiste anglais Thomas Malthus et au mathématicien belge Pierre-François Verhulst. Tous deux s'intéressaient beaucoup aux questions économiques et sociales. Ce sont ces modèles que nous allons comparer sur un exemple.

Piège à éviter !

Évitez un exposé trop théorique (n'oubliez pas que l'un, au moins, des membres du jury n'est pas mathématicien). Soyez précis, clair et compréhensible.

Dans mon exemple, on s'intéresse à une population de renards dans une forêt. À la date $t = 0$, cette forêt compte 200 renards. Dans cet exemple, je noterai $N(t)$ le nombre de renards à la date t, en années. Et donc, on sait que $N(0) = 200$.

En 1798, Thomas Malthus propose un premier modèle, dit exponentiel, pour étudier l'évolution de cette population. Pour ce modèle, la fonction N, qui au temps t associe le nombre $N(t)$ de renards, est solution de l'équation différentielle (E) : $N' = 0{,}05N$.

Tendez des perches

En parlant du choix de cette constante, vous suggérez des questions au jury. Attendez-vous à une question du type « Et si on modifie cette constante, que se passe-t-il ? ». Ayez en tête quelques exemples.

La constante 0,05, appelée « taux de croissance de la population », a été choisie pour que l'exemple soit crédible. D'après la propriété sur les équations différentielles linéaires du premier ordre, j'en déduis que la fonction N est de la forme $N(t) = Ke^{0{,}05t}$, avec K un nombre réel. Comme de plus, je sais que $N(0) = 200$, j'en déduis que $K = 200$ (puisque $e^0 = 1$) et donc que $N(t) = 200e^{0{,}05t}$.

Soyez précis !

Montrez que vous maîtrisez le vocabulaire : la constante $r = 0{,}05$ choisie pour l'exemple est appelé taux de croissance de la population.

A priori, ce modèle peut convenir, puisque la fonction exponentielle est croissante et que l'on peut imaginer que le nombre de renards augmente. Mais si je regarde ce qui se passe 60 ans plus tard, je calcule $N(60)$ et je trouve plus de 4000 renards, ce qui semble peu probable. Et si on va plus loin, puisque la fonction exponentielle a pour limite l'infini en plus l'infini, cela signifie que la population de renards va devenir infinie. Impossible en raison de la taille du territoire (la forêt), du manque de proies, de la chasse qui s'accentuerait, etc. Je peux donc en déduire que, ce modèle ne peut pas convenir. C'est pourquoi Pierre-François Verhulst a proposé, en 1840, 42 ans plus tard, un autre modèle, appelé modèle logistique.

Dans ce modèle plus complexe, Verhulst prend en compte les ressources disponibles, le taux de natalité et le taux de mortalité. La fonction N est alors solution de l'équation différentielle (F), indiquée sur le support : $N' = 0{,}05N\left(1 - \frac{N}{3\,000}\right)$, la constante 3000 ayant été choisie pour que l'exemple soit crédible. Si je note N la fonction qui, à la date t associe le nombre $N(t) = \frac{6\,000\,000}{200 + 2\,800e^{-0{,}05t}}$ alors, je peux vérifier que, d'une part $N(0) = 200$, ce qui correspond bien à la population de renards initiale, et que d'autre part, en dérivant N, N est solution de l'équation différentielle (F).

Marquez des pauses

Quand vous faites référence au support, laissez le temps au jury de trouver et comprendre ce que vous évoquez.

Là encore, la fonction N est croissante (on peut le vérifier en étudiant le signe de sa dérivée $N'(t)$), mais, comme vous pouvez le voir sur la seconde courbe que j'ai dessinée sur mon support, sa représentation graphique possède une asymptote horizontale en l'infini. Puisque la limite en plus l'infini de $e^{-0{,}05t}$ est zéro, j'en déduis que la limite de N est 3000. Cela signifie que même après un grand nombre d'années, la population de renards sera plafonnée à 3000 individus.

Astuce

Montrez que vous êtes à l'aise avec les notions mathématiques en utilisant le vocabulaire approprié.

On peut constater que ce modèle logistique permet de corriger le modèle exponentiel.

Ce modèle permettra ensuite à Pierre-François Verhulst de donner en 1840 une prévision de la population de la France en 1930 de 40 millions, prévision plutôt exacte puisque la population de la France, en réalité, était de 41,5 millions en 1931 !

En conclusion, j'espère vous avoir convaincus et avoir réussi à expliquer pourquoi les modèles mathématiques évoluent. Certaines évolutions sont dues à des imperfections, comme ici avec le modèle de Malthus. D'autres changements peuvent être dus à des améliorations, à des degrés de précisions meilleurs grâce à des avancées technologiques ou à des prises en compte de paramètres supplémentaires grâce à des avancées dans les théories mathématiques.

Conclusion

Prévenez le jury lorsque vous entamez votre conclusion.

Ainsi, contrairement à ce que l'on entend parfois, les mathématiques sont une matière vivante et concrète.

Je vous remercie pour votre attention.

Nathan live! **Ressources à exploiter**

Podcast de l'exposé sur Nathan Live !

Exemples de questions pouvant être posées par le jury — 10 min

Questions pouvant être posées par un professeur de mathématiques

- Pourriez-vous nous donner la définition d'une équation différentielle ? → Term spécialité Mathématiques
- L'équation différentielle du modèle de Verhulst est-elle une équation différentielle linéaire d'ordre un ? → Term spécialité Mathématiques
- Pourriez-vous nous donner un autre exemple de modèle pour la dynamique d'une population ? → Term spécialité Mathématiques
- Pourriez-vous nous donner un exemple d'usage des mathématiques pour des prévisions économiques ? → Term spécialité Mathématiques

> **Ne soyez pas déstabilisé(e) !**
>
> Le jury ne vous demande pas un exposé théorique sur les différents modèles ou sur une notion : vous n'êtes pas professeur de mathématiques. Il souhaite juste s'assurer d'une certaine maîtrise du sujet de votre part.

- Vous avez parlé de modèles continus : qu'est ce qui s'oppose au continu en mathématique ? → 1re et Term spécialité Mathématiques
- Pourriez-vous nous dire quelques mots sur les modèles discrets de Malthus et de Verhulst ? → Term spécialité Mathématiques
- Dans ce type d'exemple, quel procédé algorithmique utilise-t-on pour résoudre un problème de seuil ? → Term spécialité Mathématiques

Questions pouvant être posées par un professeur d'une autre discipline

- Que pouvez-vous nous dire de plus sur les scientifiques dont vous nous avez parlé ?
- Savez-vous ce que l'on entend par « être malthusien » ?
- On a beaucoup parlé d'épidémiologie ces dernières années, que pouvez-vous nous en dire ?
- Quel est le nombre d'habitants en France aujourd'hui ? Quelles sont les prévisions pour dans 20 ans ? Pour dans 50 ans ?

> **Nathan live!**
>
> + Quelques réponses possibles sur Nathan Live !

Exemples de questions liées à l'orientation — 5 min

Voir aussi Partie 2, Conseil 7 → p. 80

- Vous souhaitez devenir ingénieur(e) mathématicien(ne) ou aérodynamicien(ne). En quoi consiste ces métiers ? Quelles sont les études à suivre ? Avez-vous suivi des stages dans ces domaines ? Quelles sont les compétences nécessaires pour ces métiers ?
- Les mathématiques sont-elles la seule matière à travailler pour devenir ingénieur(e) mathématicien(ne) ? Si non, quelles sont les autres matières à travailler également ?
- Savez-vous ce qu'est la CAO ? En quoi est-ce lié au métier d'aérodynamicien(ne) ?

SUJET 3 MATHS

Comment calculer les annuités d'une dette ?

Le contexte

- Emprunts, crédits ou prêt immobiliers font partie de la vie quotidienne de nombreux Français. Ainsi, lorsqu'une personne contacte sa banque ou un autre organisme afin de contracter un prêt, il reçoit en retour un tableau lui indiquant le montant emprunté, le taux, ainsi que les annuités (montants annuels) ou les mensualités (montants mensuels) qu'il lui faudra rembourser.
- Ce tableau est construit à partir d'un algorithme qui, en fonction du capital emprunté, du taux du prêt et de la durée du prêt indique les annuités que la personne devra rembourser. L'intérêt de cette question est de mettre en évidence le modèle mathématique qui permet de calculer les annuités ou les mensualités.

DOC. 1. Comparaisons des emprunts en France et en Île-de-France.

INDICATEURS NATIONAUX

Crédit moyen 153 606 €	Âge emprunteur 37 ans	Durée moyenne prêt 20 ans et 6 mois	Taux moyen 1,50 %
Revenu annuel 47 399 €	Apport moyen 29 527 €	Surface du bien 98 m²	Meilleur taux obtenu 0,70 %

INDICATEURS ÎLE-DE-FRANCE

Crédit moyen 232 380 €	Âge emprunteur 38 ans	Durée moyenne prêt 21 ans et 9 mois	Taux moyen 1,57 %
Revenu annuel 61 978 €	Apport moyen 57 895 €	Meilleur taux obtenu 0,70 %	

- Le revenu annuel moyen et les prix du marché de l'immobilier ont un impact sur la somme empruntée, le taux obtenu et l'apport moyen. Ces facteurs semblent en revanche avoir peu d'influence sur l'âge de l'emprunteur et la durée du l'emprunt.

D'après seloger.com, 2018

Tout au long de l'année

- Dans un premier temps, lisez vos cours de 1re et de Term spécialité Mathématiques, notamment sur les **évolutions en pourcentages** et sur les **suites particulières** (géométriques et arithmético-géométriques).
- Familiarisez-vous avec le **vocabulaire des prêts** : emprunt, dette, durée, taux, annuité (ou mensualité), amortissement, etc.
- Enfin consultez des **sites Internet** en utilisant les mots clés : emprunt, prêt, taux d'intérêt, différence entre taux fixe et taux variable, annuité, mensualité, assurance d'un prêt.

Pour aller plus loin

Recherchez des informations supplémentaires sur le vocabulaire spécifique utilisé, ainsi que sur les prêts à taux variables et les assurances de prêts qui, volontairement, ne sont pas évoqués dans l'exposé oral, mais qui doivent être compris.

Ressource utile

DOC. 2. Exemple de tableau d'amortissement pour un bien d'une valeur de 100 000 €.

Année	Capital amorti	Intérêts	Capital restant dû	Annuités	Coût total
1	19 578,45	965,06	80 421,55	20 543,51	20 903,51
2	19 786,99	756,52	60 634,56	20 543,51	20 903,51
3	19 997,75	545,76	40 636,81	20 543,51	20 903,51
4	20 210,73	335,75	20 423,04	20 543,51	20 903,51
5	20 426,04	117,47	0,00	20 543,51	20 903,51
Total	**100 000**	**2 717,56**	–	**102 717,56**	**104 517,56**

Autres ressources possibles

- Préparez un **algorithme**, écrit en **langage naturel** ou en **langage de programmation Python**, qui, en entrant le montant du prêt, le taux et la durée, renvoie l'annuité ou la mensualité.
- **Renseignez-vous sur les prêts immobiliers**, sur les prêts à la consommation actuels : quels sont les taux d'intérêts pratiqués actuellement, l'impact des taux bas sur la consommation et l'immobilier ?
- **Soyez capable de donner la durée d'un prêt** pour un taux, un capital et une annuité fixés.

Nathan live!

Ressources à exploiter

+ Liens vers des sites Internet permettant de réaliser des simulations de crédit.

Métiers et choix d'orientation possibles

Comptable et expert(e)-comptable

L'expert(e)-comptable peut travailler soit au sein de grandes entreprises en tant que directeur(trice) financier(ère), soit en libéral ou dans un cabinet d'experts-comptables. Il (elle) aide et conseille alors plusieurs entreprises.

Ses rôles : vérifier la fiabilité des comptes de ses clients, les conseiller sur leur développement économique et sur leur fiscalité, leur proposer des outils de gestion adaptés, etc.

Formation

La filière expertise comptable se compose de trois diplômes.

Bac +3 Diplôme de comptabilité et de gestion (DCG).

Bac +5 Diplôme supérieur de comptabilité et de gestion (DSCG).

Bac +8 Diplôme d'expertise comptable (DEC).

Chaque palier permet d'entrer dans la vie active ou de poursuivre ses études dans la filière ou vers d'autres cursus, avec une validation « à la carte ».

Assistant(e) de gestion

Secrétariat et comptabilité, l'assistant(e) de gestion a plusieurs cordes à son arc : classement des dossiers, relance des factures, négociation des tarifs des fournisseurs, préparation des plannings des commerciaux, etc.

Ses journées ne sont jamais monotones. Il (elle) est un rouage essentiel de l'entreprise et le bras droit du chef d'entreprise, notamment lorsqu'il (elle) travaille dans une PME.

Formation

Bac +2 Brevet de technicien supérieur (BTS) gestion de la PME ou BTS comptabilité et gestion des organisations.

Bac +3 Bachelor universitaire de technologie (BUT) gestion des entreprises et des administrations ou gestion administrative et commerciale.

Analyste de crédit

L'analyste de crédit travaille dans une banque ou un organisme de crédit. Sous la direction d'un(e) chef(fe) d'agence, il (elle) réalise une étude approfondie de la situation financière de ses clients et étudie les garanties offertes par les particuliers et les entreprises qui souhaitent obtenir un prêt.

Il (Elle) doit savoir faire preuve d'esprit critique pour prendre une décision, car une erreur peut entraîner des pertes d'argent importantes pour son employeur.

Formation

Bac +5 Diplôme d'école supérieure de commerce et de gestion, diplôme d'institut d'études politiques, master.

Bac +6 Master spécialisé.

Le jour J

40 min

Exemple de support

20 min. temps de préparation

- Montant du prêt : C (en €)
- Durée du prêt : N (en années)
- Taux d'intérêt : t (en %)

Année n	Capital restant dû en début d'année n C_{n-1}	Intérêts sur l'année $\frac{t}{100} \times C_{n-1}$	Capital restant dû en fin d'année n C_n	Annuité a
1	$C_0 = C$	$\frac{t}{100} \times C$	$C_1 = (1+\frac{t}{100}) \times C - a$	a
2	C_1	$\frac{t}{100} \times C_1$	$C_2 = (1+\frac{t}{100}) \times C_1 - a$	a
⋮	⋮	⋮	⋮	⋮
N	C_{N-1}	$\frac{t}{100} \times C_{N-1}$	$C_N = 0$	a

Pour tout entier n de $\mathbb{N}$, $C_{n+1} = (1 + \frac{t}{100}) C_n - a$

- Expression de d :

d vérifie $d = (1+\frac{t}{100}) d - a$ donc $a = (1+\frac{t}{100}) d - d$ d'où $a = \frac{t}{100} \times d$ et $d = 100 \times \frac{a}{t}$

- Démonstration de (V_n) suite géométrique :

Pour tout n de $\mathbb{N}$, $V_n = C_n - 100 \times \frac{a}{t}$ donc $V_{n+1} = C_{n+1} - 100 \times \frac{a}{t}$

Donc $V_{n+1} = (1+\frac{t}{100}) \times C_n - a - 100 \times \frac{a}{t} = (1+\frac{t}{100}) \times C_n - 100 \times \frac{a}{t}(1+\frac{t}{100}) = (1+\frac{t}{100}) V_n$.

- Expression de C_n en fonction de n :

(V_n) est une suite géométrique de raison $q = 1+\frac{t}{100}$

et de premier terme $V_0 = C - 100 \times \frac{a}{t}$.

Donc, pour tout n de $\mathbb{N}$, $V_n = (C - 100 \times \frac{a}{t})(1+\frac{t}{100})^n$

et $C_n = V_n + 100 \times \frac{a}{t} = (C - 100 \times \frac{a}{t})(1+\frac{t}{100})^n + 100 \times \frac{a}{t}$

- Expression de l'annuité a :

$C_N = 0 \Leftrightarrow (C - 100 \times \frac{a}{t})(1+\frac{t}{100})^N + 100 \times \frac{a}{t} = 0 \Leftrightarrow 100 \times \frac{a}{t}(1 - (1+\frac{t}{100})^N) = -C(1+\frac{t}{100})^N$

$$\Leftrightarrow a = \frac{-tC(1+\frac{t}{100})^N}{100(1-(1+\frac{t}{100})^N)}$$

Applications

Annuités pour un montant emprunté de 100000 €

	Durée : 10 ans	Durée : 15 ans
Taux : 1,2 %	10 672 €	7 325 €
Taux : 2 %	11 133 €	7 784 €

Soyez clair(e)

Sur votre support, faites figurer le nom et la notation des différents paramètres utilisés, cela facilitera la compréhension du jury.

Synthétisez

Utilisez des tableaux, des graphiques, des schémas : ils sont plus lisibles que du texte et peuvent contenir beaucoup d'informations. N'oubliez pas de prévoir une règle dans votre trousse !

Contextualisez

Si vous avez choisi une approche théorique, concluez votre exposé oral à l'aide d'un ou de plusieurs exemples marquants.

Exemple de présentation orale 5 min

Comment calculer les annuités d'une dette ?

Récemment, j'ai accompagné ma mère à la banque car elle souhaitait négocier un prêt immobilier, ce qui m'a poussé(e) à m'intéresser à ce sujet.

Je note C le montant du capital, en euros, que le client souhaite emprunter et N la durée du prêt, en années, souhaitée par le client. Le banquier va alors lui proposer un taux d'intérêt, en pourcentage, que je noterai t. Ces notations sont rappelées sur mon support. L'objectif de ma présentation est de mettre en évidence une formule qui permet de déterminer le montant de l'annuité que le client devra verser à la banque, chaque année. Je note a cette annuité.

Je pense que le plus efficace est de modéliser cette situation à l'aide des suites. Si on note C_n le capital restant dû par le client au bout de n années, alors, d'une part, on a $C_0 = C$; d'autre part, on a $C_{n+1} = \left(1 + \frac{t}{100}\right)C_n - a$. En effet, le capital dû à l'année $n + 1$ est égal au capital à l'année n (c'est-à-dire C_n) augmenté du taux d'intérêt t et auquel on soustrait le montant payé par le client sur l'année, c'est-à-dire l'annuité a. On reconnaît là la formule de récurrence d'une suite arithmético-géométrique.

Mon premier objectif est alors de donner la formule explicite de C_n, c'est-à-dire d'exprimer C_n en fonction de n. Je sais grâce à mes cours qu'il faut commencer par déterminer le nombre d tel que $d = \left(1 + \frac{t}{100}\right)d - a$. D'après mes calculs, que j'ai détaillés sur mon support, je trouve : $d = 100 \times \frac{a}{t}$. Je démontre alors que la suite (v_n) définie sur $\mathbb{N}$ par $v_n = C_n - d$ est géométrique. En effet, on démontre que $v_{n+1} = \left(1 + \frac{t}{100}\right) \times v_n$. Là encore, cette démonstration est détaillée sur mon support. Ainsi, la suite (v_n) est géométrique de raison $q = 1 + \frac{t}{100}$, et puisque $v_0 = C_0 - d = C - 100\frac{a}{t}$, j'en déduis, en utilisant la formule explicite des suites géométriques que, pour tout entier naturel n, $v_n = \left(C - 100\frac{a}{t}\right)\left(1 + \frac{t}{100}\right)^n$.

Donc, finalement, $C_n = \left(C - 100\frac{a}{t}\right)\left(1 + \frac{t}{100}\right)^n + 100\frac{a}{t}$.

Cette formule permet donc de connaître le capital restant dû par le client lorsqu'on connaît le capital de départ, la durée du prêt, le montant du taux et de l'annuité.

Introduction

Montrez votre intérêt pour le sujet.

Les bons réflexes

Le vocabulaire utilisé ici n'est pas spécifique aux mathématiques, vous devez malgré tout le maîtriser.

Importance du support

- Appuyez-vous dès que cela est possible sur le support pour aider le jury à mieux comprendre vos explications.
- Pour des formules assez longues ou une démonstration écrite sur le support, faites une pause afin de laisser le temps au jury de s'y retrouver.

Rappel

Une suite u arithmético-géométrique est définie par la formule de récurrence : $u_{n+1} = au_n + b$.

Connecteurs

Insistez sur les connecteurs afin de montrer au jury la cohérence de votre propos.

Gagnez des points !

Explicitez la première formule obtenue afin de clarifier votre exposé et de montrer que vous maîtrisez les notions exposées.

Mon second objectif est d'exprimer l'annuité a en fonction des autres données. Pour cela, il faut se souvenir que la durée du prêt est N ; cela signifie qu'au bout de N années, le capital restant dû par le client est égal à zéro, c'est-à-dire que $C_N = 0$. Pour obtenir ce que l'on souhaite, il suffit alors de résoudre l'équation $C_N = \left(C - 100\frac{a}{t}\right)\left(1 + \frac{t}{100}\right)^N + 100\frac{a}{t} = 0$ dont l'inconnue est a.

Là encore, le calcul est détaillé sur mon support, et je trouve $a = \dfrac{-tC\left(1 + \frac{t}{100}\right)^N}{100\left[1 - \left(1 + \frac{t}{100}\right)^N\right]}$.

C'était l'objectif recherché : il s'agit de la formule qui permet de déterminer le montant de l'annuité que le client devra verser à la banque, chaque année.

On peut facilement automatiser les calculs et déterminer l'annuité du client en connaissant le capital de départ C, le taux d'intérêt t et la durée du prêt N. C'est le principe des simulateurs de prêts que l'on trouve sur Internet.

Tendez des perches

En parlant d'automatisation des calculs, vous incitez le jury à vous poser une question sur la rédaction d'un algorithme. En ayant préparé la réponse, vous gagnerez forcément des points.

Je vous propose de terminer ma présentation sur un exemple concret d'application, puisque, comme je vous l'expliquais au début de l'exposé, j'ai pu assister à l'entrevue entre ma mère et un banquier pour la négociation d'un prêt immobilier. Ma mère souhaitait emprunter un capital de 100 000 euros, sur une durée de 10 ans. Le banquier lui a proposé un taux d'intérêt de 1,2 %. J'ai pu alors calculer que le montant de l'annuité est

$a = \dfrac{-1{,}2 \times 100\,000 \times \left(1 + \frac{1{,}2}{100}\right)^{10}}{100\left[1 - \left(1 + \frac{1{,}2}{100}\right)^{10}\right]}$, soit environ 10672 euros par an, ou encore 889 euros par mois. On peut noter alors que cet emprunt de 100000 euros lui aurait alors coûté 10 × 10672 – 100000 soit 6720 euros d'intérêts. Vous pouvez lire d'autres exemples d'application à la fin de mon support.

Ainsi, concernant mon orientation, cette étude m'a donné envie de devenir analyste de crédit ou expert(e)-comptable.

J'espère vous avoir convaincus et je suis prêt(e) à répondre à vos questions.

Nathan live!

Ressources à exploiter

+ Podcast de l'exposé sur Nathan Live !

Exemples de questions pouvant être posées par le jury 10 min

Questions pouvant être posées par un professeur de mathématiques

- Pourriez-vous nous donner la définition d'une suite géométrique ? → 1re et T[erm] spécialité Mathématiques
- Pourriez-vous nous proposer un algorithme, en langage Python ou en langage naturel, qui permet d'automatiser la recherche de l'annuité *a* ?
  → 2de Mathématiques, 1re et T[erm] spécialité Mathématiques
- Sur un plan purement mathématique, la suite (C_n) des capitaux restants dus est-elle convergente ?
  → T[erm] spécialité Mathématiques

Ne soyez pas déstabilisé(e) !

Toutes les questions posées par le professeur de mathématiques font partie du programme de 1re et de T[erm]. Son objectif est de vous amener à répondre, en mettant en avant vos connaissances.

- Selon vous, si le nombre d'années d'emprunts augmente, qu'en est-il de l'annuité ? → T[erm] spécialité Mathématiques
- Pourriez-vous nous donner la formule générale pour une mensualité ?
- Sauriez-vous calculer l'annuité dans votre exemple, avec une durée de 20 ans ?

Questions pouvant être posées par un professeur d'une autre discipline

- Lorsqu'à la banque, un client contracte un prêt, celui-ci est toujours accompagné d'une assurance. Pourriez-vous nous en dire plus sur cette assurance ?
- Si cela n'est pas indiscret : votre mère a-t-elle emprunté l'argent ? Avait-elle comparé plusieurs propositions ?
- Pourquoi des taux d'intérêt bas favorisent-ils la consommation ?
- Pour certains emprunts immobiliers, on parle de taux variables, savez-vous ce que l'on entend par là ?

Nathan live!

Quelques réponses possibles sur Nathan Live !

Exemples de questions liées à l'orientation 5 min

Voir aussi Partie 2, Conseil 7 → p. 80

- Vous souhaitez devenir peut-être analyste de crédit. En quoi consiste ce métier ? Quelles sont les études à suivre ? Avez-vous suivi des stages dans ce domaine ? Quelles sont les compétences à développer pour exercer ce métier ?
- Les mathématiques sont-elles la seule matière à travailler pour devenir analyste de crédit ? Si non, quelles sont les autres matières à travailler également ?
- Qu'est-ce qui vous intéresse dans le métier d'expert(e)-comptable ? En avez-vous discuté avec des personnes de votre entourage qui exercent ce métier ?
- En tant qu'expert(e)-comptable, préféreriez-vous travailler en libéral ou dans un cabinet d'experts-comptables ? Pourquoi ?

SUJET 4 PHYSIQUE-CHIMIE

Comment fonctionne un casque audio à réduction de bruit active ?

Le contexte

- D'après une enquête réalisée récemment, environ 9 adolescents sur 10 utilisent des écouteurs ou un casque pour écouter de la musique : un tiers écoutent deux heures ou plus de musique par jour, tandis qu'un peu moins d'un cinquième des adolescents écouteraient de la musique jusqu'à cinq heures par jour. La plupart de ces pratiques sont à risque car la durée d'écoute au casque recommandée est autour de deux heures par semaine. Ainsi, plus d'un adolescent sur trois a déclaré lors de cette enquête avoir déjà eu un trouble auditif.
- Pour limiter l'intensité sonore et les troubles auditifs, les casques audio offrent une réduction dite « passive » des bruits ambiants en isolant le système auditif par la seule application d'oreillettes. Mais il existe aujourd'hui des casques audio qui présentent, en plus de la réduction passive, un dispositif dit « actif » de réduction du bruit.

DOC. 1. Description d'un casque audio.

- Un casque audio est un système portable de restitution sonore. Il est au contact du système auditif et il peut être :
  - circum-aural, c'est-à-dire autour de l'oreille ;
  - supra-aural, c'est-à-dire posé sur l'oreille ;
  - intra-aural, c'est-à-dire à l'intérieur du conduit auditif.
- Pour réduire le bruit extérieur lors du port d'un casque, la première solution consiste à utiliser les propriétés d'isolation acoustique de matériaux fibreux ou poreux (fibres, mousses).
- Pour augmenter l'efficacité des casques, on ajoute depuis quelques années à ce système passif un système actif qui comporte un système électronique permettant une réduction très importante du bruit ambiant.

Tout au long de l'année

- Dans un premier temps, reprenez vos cours de Seconde Physique-Chimie sur le **son** et de Première Enseignement scientifique sur la **musique**.
- Dans un deuxième temps, lisez vos cours de Terminale spécialité Physique-Chimie sur l'**intensité sonore**, l'**atténuation** et le phénomène d'**interférences**.
- Enfin consultez des **sites Internet** en utilisant les mots-clés : atténuation par absorption, ondes sonores, ondes mécaniques, addition d'ondes, interférences destructives, acoustique active, contrôle actif du bruit, antibruit.

Pour aller plus loin

Recherchez des informations sur les circuits électroniques utilisés dans les casques à réduction de bruit active, sur les matériaux utilisés, sur les cellules ciliées des oreilles, etc.

Ressources utiles

DOC. 2. Comment les 12-18 ans écoutent-ils la musique ?

- La dernière enquête du bureau d'études SoCo pour l'association Agi-Son, réalisée auprès de 8 599 collégiens et lycéens, pourrait se résumer ainsi : si les mineurs n'ont pas forcément la capacité de se rendre facilement à des concerts, ils écoutent beaucoup, voire énormément de musique, principalement au casque et sur smartphone.

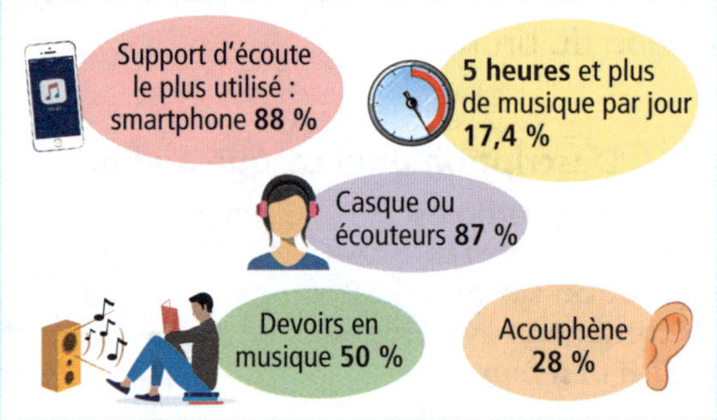

- De façon plus précise, en 2019 :
  - le smartphone est le support d'écoute le plus utilisé (88,4 % des adolescents interrogés) ;
  - près de 70 % des jeunes interrogés écoutent quotidiennement de la musique en streaming ;
  - 87,4 % des adolescents interrogés utilisent des écouteurs ou un casque pour écouter de la musique ;
  - un tiers des jeunes interrogés écoutent 2 heures ou plus de musique au casque par jour ;
  - 17,4 % des jeunes interrogés écoutent jusqu'à 5 heures et plus de musique par jour ;
  - un adolescent interrogé sur deux déclare faire régulièrement ses devoirs en musique ;
  - plus d'un jeune interrogé sur trois a déjà eu un trouble auditif, et parmi eux, 83 % déclarent avoir déjà eu un acouphène. L'écoute sur smartphone est la principale source de troubles auditifs identifiée, viennent ensuite les soirées entre amis.

Source irma.asso.fr

DOC. 4. Principe d'un casque audio à réduction de bruit active.

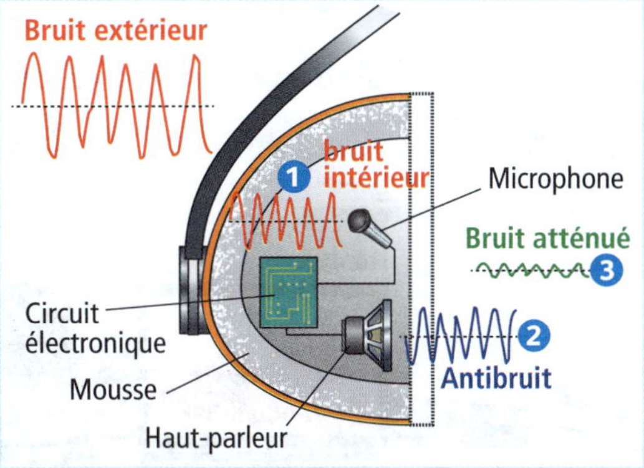

▲ **Schéma de l'intérieur d'un casque circum-aural audio à réduction de bruit active.**

- De plus en plus de casques audio, en plus de la mousse, intègrent un système actif permettant de réduire le bruit extérieur. En effet, grâce à l'évolution des filtres et des systèmes numériques, on a pu mettre à profit l'idée de l'ingénieur allemand, Paul Lueg, en 1933 : « ajouter » au son extérieur exactement le même son, mais en « opposition de phase », comme le montrent les courbes ① et ② de la figure ci-dessus.
- Le bruit peut être considéré comme une somme de sons purs. L'air oscille sous l'effet de ces ondes sonores, c'est-à-dire que la pression de l'air à l'intérieur de l'oreille augmente puis diminue régulièrement. Dans un casque audio à réduction de bruit active, on ajoute au bruit ① un second signal, de telle sorte que la surpression de l'air due au bruit coïncide avec la dépression due au son ajouté : le signal ② est alors en opposition de phase avec le bruit ①, et la pression globale est quasiment constante grâce aux interférences destructives ainsi créées. Le bruit ③ qui parvient à l'oreille est alors très fortement atténué.
- Les systèmes antibruit de ces casques reposent sur des composants électroniques. Dans les oreillettes, de minuscules microphones captent le bruit provenant de l'extérieur. Un circuit électronique analyse les sons perçus par les microphones afin de déterminer le bruit indésirable et de générer un signal en opposition de phase.
- Le temps de calcul nécessaire pour créer l'onde antibruit et sa transduction (transfert vers la membrane du haut-parleur) posent certaines limites qui font que les systèmes actuels réduisent considérablement le bruit (25 à 30 dB) sans le supprimer totalement.

Autres ressources possibles

→ **Pour rendre plus vivant votre propos** lors de l'exposé oral, consultez les derniers guide d'achat des casques à réduction de bruit active, disponibles sur certains sites marchands. Vous pourrez ainsi donner des prix et expliquer au jury les dernières innovations existantes concernant ces casques.

→ **Recherchez sur Internet** les différences entre les casques à réduction de bruit active circum-auraux et les casques à réduction de bruit active intra-auraux, ainsi que des informations précises sur les troubles auditifs liés à une écoute prolongée ou trop forte de la musique.

Nathan live!

✚ Document sur la fragilité du système auditif à télécharger sur Nathan Live !

Expérience utile

EXPÉRIENCE. **Simulation d'une réduction de bruit active.**

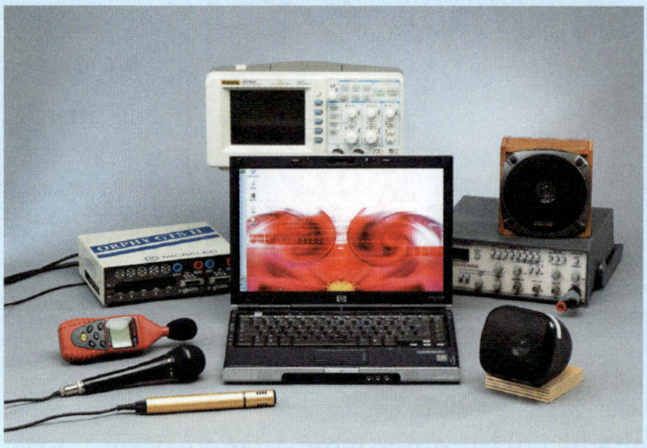

◀ **Matériel nécessaire.**

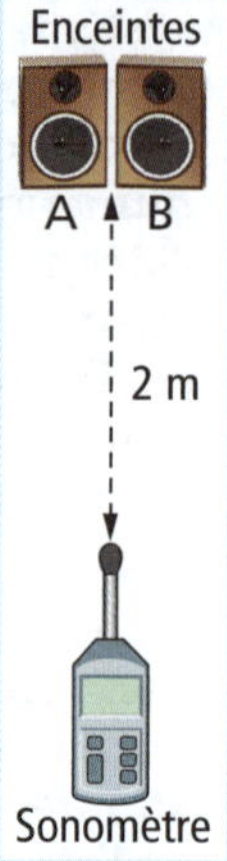

Dispositif expérimental. ▶

- Le bruit extérieur est modélisé par une onde sonore sinusoïdale de fréquence f_A émise par une enceinte acoustique **A**, schématisée ci-dessus.
- Le signal anti-bruit est modélisé par une onde sonore sinusoïdale de fréquence f_B émise par une deuxième enceinte acoustique **B** accolée à la première.
- Un logiciel contrôle la fréquence et l'intensité de chaque signal, ainsi que le déphasage entre les signaux. À une distance de deux mètres face aux enceintes, le niveau d'intensité sonore du son émis par chaque enceinte, seule, est systématiquement ajusté à $L_A = L_B = 50$ dB. Grâce à un sonomètre, ce dispositif permet de mesurer l'influence de la fréquence de chaque signal et du déphasage entre les signaux sur le niveau d'intensité sonore L face à ces deux enceintes.
- Lorsque les deux signaux sont émis avec la même fréquence, le phénomène d'interférences entre les deux signaux intervient :
  – si les signaux sont reçus en phase, il y a des interférences constructives et le niveau d'intensité sonore augmente (56 dB) ;
  – si les signaux sont reçus en opposition de phase, il y a des interférences destructives et le niveau d'intensité sonore diminue (44 dB).
- Ainsi, cette dernière expérience correspond au dispositif de réduction active de bruit, car le niveau d'intensité sonore global diminue lorsque le dispositif émet un signal anti-bruit en opposition de phase avec le bruit provenant de l'extérieur.

Autre expérience possible

➜ Réalisez également une expérience sur la réduction passive du bruit.

Nathan live!

✚ Expérience présentée sur Nathan Live !

Métiers et choix d'orientation possibles

Technicien(ne) électronicien(ne)

Un(e) technicien(ne) électrotechnicien(ne) est le (la) spécialiste des applications de l'électricité : il (elle) conçoit, analyse, installe et s'occupe par exemple de la fabrication ou de la maintenance des composants électroniques d'un casque audio à réduction de bruit active.

Les atouts d'un(e) technicien(ne) électronicien(ne) sont sa curiosité, son investissement, sa polyvalence et son adaptabilité. Il (elle) doit se former en permanence pour connaître les évolutions et les nouvelles normes liées à sa profession. Il (elle) doit aussi avoir un bon sens du relationnel et de la communication.

Formation

Brevet de technicien supérieur (BTS, **Bac +2**) « Électrotechnique » ou Bachelor universitaire de technologie (BUT, **Bac +3**) « Génie électrique et informatique industrielle ».

Ingénieur(e) du son

L'ingénieur(e) du son, ou chef(fe) opérateur(trice) son, est un(e) spécialiste des équipements relatifs à la production sonore. On appelle « ingénieur(e) du son » tout professionnel travaillant avec la console gérant le son, qu'il soit technicien, assistant, opérateur ou encore chef opérateur.

Formation

Il n'y a pas de diplôme national d'ingénieur du son. Certaines activités peuvent s'exercer après un BTS (**Bac +2**) « métiers de l'audiovisuel », option métiers du son. Certaines grandes écoles du son permettent d'avoir un niveau **Bac +5** : la Femis (École nationale supérieure des métiers de l'image et du son) ou l'Ensatt (École nationale supérieure des arts et techniques du théâtre) sont très sélectives et recrutent à Bac +2.

Responsable recherche et développement

Un(e) responsable recherche et développement est chargé(e) de proposer, de déterminer et de mettre en œuvre les projets concernant son domaine d'activité. Cette profession implique une coopération avec les différents services de l'entreprise (production, commercial, direction), mais aussi avec les clients et les fournisseurs.

Pour chaque projet de recherche et développement, le (la) responsable doit planifier les moyens humains, techniques et financiers nécessaires.

Formation **Bac +5**

Diplôme d'ingénieur ou master. Les écoles d'ingénieurs, comme celle d'Alençon ou les Écoles des Mines de Douai et de Nancy, sont d'excellentes formations pour prétendre à ce poste à responsabilité. Certains masters professionnels (Chimie, Chimie et matériaux, Physique et Sciences pour l'ingénieur, etc.) sont également très indiqués.

Le jour J

40 min

Exemple de support — 20 min. temps de préparation

Comment fonctionne un casque audio à réduction de bruit active ?

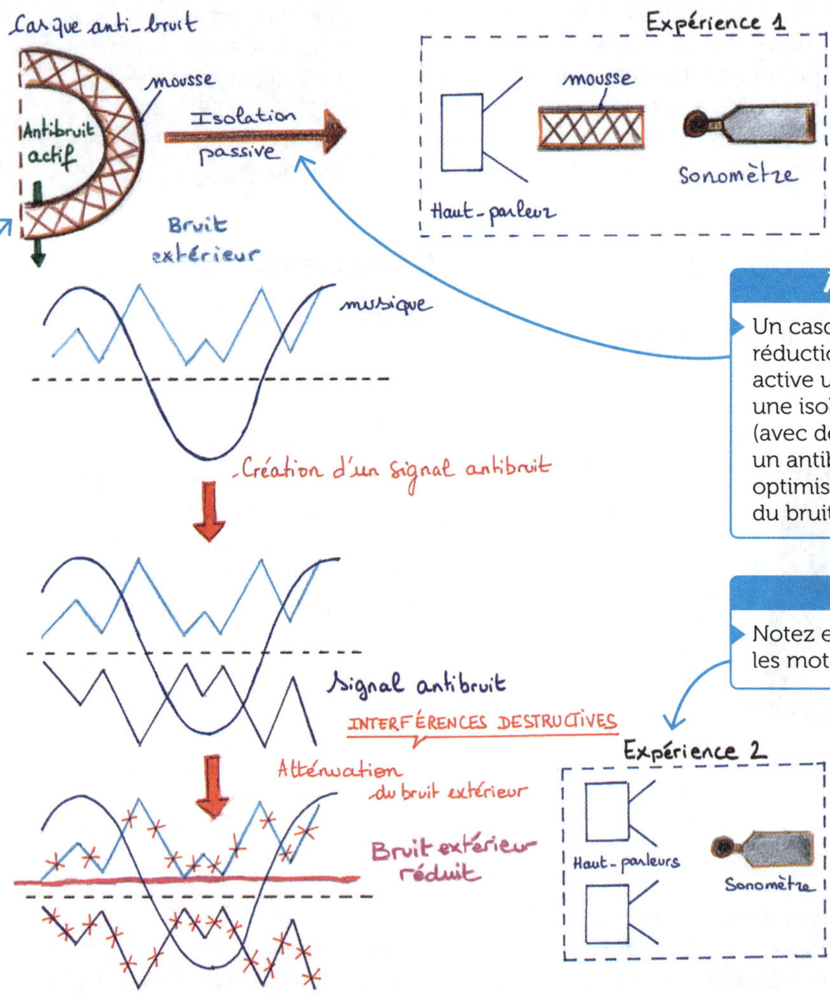

À savoir

Un casque audio à réduction de bruit active utilise à la fois une isolation passive (avec de la mousse) et un antibruit actif pour optimiser l'atténuation du bruit extérieur.

Astuce

Notez en majuscules les mots importants.

Gagnez du temps !

N'indiquez pas forcément sur le support que l'antibruit actif nécessite un circuit électronique. En parler à l'oral suffit.

Gagnez des points !

Présentez les expériences que vous avez réalisées au cours de l'année en schématisant les dispositifs expérimentaux utilisés.

Exemple de présentation orale 5 min

Une enquête réalisée récemment a révélé que la plupart des adolescents passent au minimum deux heures par jour à écouter de la musique sur leur smartphone avec un casque. Je suis donc dans la norme car j'écoute pour ma part de la musique avec mon smartphone environ trois heures par jour. Or, j'ai appris en cours de Physique-Chimie que cette écoute prolongée peut être dangereuse. Il est essentiel de réduire le bruit extérieur afin de pouvoir diminuer au maximum le niveau d'intensité sonore de la musique émise par le casque et de limiter ainsi les risques de troubles auditifs, comme les acouphènes. Pour cela, une nouvelle génération de casques audio, de marque Bose® ou Sony® par exemple, réduisent le bruit extérieur de façon passive, mais aussi de façon active. J'ai donc acheté un tel casque pour mon utilisation personnelle. Je me suis alors demandé comment il fonctionne et je me suis servi de mes enseignements de spécialités pour répondre à cette question.

Introduction

Personnalisez votre exposé afin de le rendre le plus vivant possible.

Pour vous expliquer plus facilement son fonctionnement, j'ai dessiné sur le support que je vous ai transmis le schéma simplifié d'un casque. Ce casque contient de la mousse ou un autre matériau isolant, ce qui permet de réduire le bruit extérieur de façon passive. Cependant, cette isolation phonique passive est plus efficace pour les sons graves que pour les sons aigus et elle dépend du matériau, mais aussi de l'épaisseur du matériau. Ainsi, les casques circum-auraux ont forcément une meilleure réduction de bruit passive que les casques intra-auraux. Pour tester ces informations, nous avons alors décidé de réaliser l'expérience 1, qui est décrite sur le support en haut à droite, lors des séances de préparation au Grand oral. Cette expérience a permis de montrer que la mousse est un bon isolant phonique. En effet, sans mousse à l'intérieur du tube, qui est tracé en violet sur le support, le niveau d'intensité sonore du son émis par le haut-parleur à une fréquence de 30 Hz est de 81,2 dB, alors qu'avec de la mousse à l'intérieur du tube, le niveau d'intensité sonore descend à 64,7 dB, ce qui correspond à une intensité sonore plus de 40 fois plus faible.

Importance du support

Appuyez-vous dès que cela est possible sur le support que vous avez préparé pour aider le jury à mieux comprendre vos explications.

Soyez précis(e)

Lors de l'exposé oral, insistez sur le mot « passive » afin que le jury comprenne bien que vous expliquez d'abord l'isolation acoustique passive du casque à réduction de bruit active.

Nous avons également réalisé l'expérience 2 afin de comprendre et de pouvoir expliquer le fonctionnement de la réduction du bruit active. Pour cela, nous avons placé côte à côte deux haut-parleurs et nous avons mesuré le niveau d'intensité sonore du son reçu par un sonomètre placé à deux mètres de ces enceintes acoustiques, comme cela est décrit en bas à droite du support. Si les deux haut-parleurs n'émettent pas chacun un son de même fréquence, les deux sons sont

Décrivez les expériences

- Donnez des résultats expérimentaux pour étayer vos propos, sans confondre niveau d'intensité sonore et intensité sonore.
- Expliquez la démarche scientifique suivie : vous serez notamment évalué(e) sur ce point.

captés par le sonomètre sans interférer entre eux. En revanche, si les deux haut-parleurs sont cohérents et émettent chacun un son pur de même fréquence, des interférences sont observées. Ainsi, si les sons émis par les deux haut-parleurs sont en opposition de phase, le signal sonore reçu par le sonomètre est atténué à cause des interférences destructives qui en découlent.

C'est ce principe qui est utilisé dans la réduction de bruit active d'un casque audio : de petits microphones captent le bruit provenant de l'extérieur, représenté sur le premier schéma à gauche du support, puis un circuit électronique analyse ce bruit extérieur et crée un signal antibruit, représenté sur le deuxième schéma, en opposition de phase avec le bruit extérieur, mais pas avec la musique écoutée. Le bruit extérieur, contrairement à la musique, est donc très atténué (d'environ 25 à 30 dB), mais il n'est pas totalement supprimé du fait des contraintes techniques pour créer le signal antibruit, comme cela est dessiné sur le troisième schéma. De plus, seuls les bruits extérieurs répétitifs peuvent être atténués fortement, car les bruits soudains ne durent pas assez longtemps pour qu'un signal antibruit puisse être généré.

En conclusion, mes enseignements de spécialités au lycée m'ont permis de comprendre comment fonctionne un casque audio à réduction de bruit et j'ai ainsi pu comprendre qu'il y a de la physique partout dans notre vie quotidienne, aussi bien dans un casque audio que dans un smartphone ou dans un four à micro-ondes. Cela m'a donné envie de continuer à étudier la physique et de travailler plus tard en tant que responsable recherche et développement afin de créer des objets technologiques innovants qui permettront d'améliorer notre quotidien.

J'espère vous avoir intéressés et je vous remercie de votre attention.

Connecteurs

Insistez sur les connecteurs à l'oral pour montrer au jury la cohérence de votre propos.

Faites des pauses

Faites régulièrement une pause de quelques secondes lors de votre exposé oral, comme à la fin de ces phrases, afin de laisser le temps au jury d'assimiler les informations présentées.

Astuce

Tendez des « perches » au jury : si vous parlez de smartphones et de fours à micro-ondes lors de votre exposé, il est possible que le jury ait envie de vous poser des questions sur le fonctionnement de ces objets. De plus, parlez de votre projet d'orientation le plus tôt possible, sans attendre les questions du jury.

Nathan live! Ressources à exploiter

+ Podcast de l'exposé sur Nathan Live !

120

Exemples de questions pouvant être posées par le jury 10 min

Questions pouvant être posées par un professeur de Physique-Chimie

- Comment un casque audio émet-il du son ?
  → 2de Physique-Chimie
- Quelles sont les différences entre un bruit, un son musical et un son pur ? → 1re Enseignement scientifique
- Qu'est-ce qu'un casque circum-aural ? Un casque intra-aural ? → Doc. 1, p. 113

À savoir

Le jury posera forcément des questions permettant de préciser certains points, mais il peut également poser des questions sur l'ensemble des programmes des deux enseignements de spécialités.

- Quelle est la relation entre le niveau d'intensité sonore et le niveau sonore ?
  → Term spécialité Physique-Chimie
- Que signifie le fait que deux signaux sont en opposition de phase ? À quoi correspondent des interférences ? → Term spécialité Physique-Chimie
- Comment fonctionne un four à micro-ondes ? Quels phénomènes physiques, étudiés cette année, sont utilisés dans un smartphone ? → Term spécialité Physique-Chimie
- Un son de 80 décibels est-il dangereux pour la santé ?

Questions pouvant être posées par un professeur d'une autre discipline

- Quels sont les différents risques de troubles auditifs liés à un écoute musicale prolongée ou avec un niveau d'intensité sonore trop élevé ? → Doc. 2, p. 114
- Comment entend-on ? Comment l'oreille capte-t-elle les sons et les transmet-elle au cerveau ? → 1re Enseignement scientifique
- Est-il forcément gênant qu'un casque audio à réduction de bruit active n'atténue pas les bruits soudains ?
- Sur quelles sources vous êtes-vous appuyé(e) pour préparer ce Grand oral ?
- Finalement, l'utilisation d'un casque à réduction de bruit active permet-elle vraiment d'écouter plus longtemps la musique, sans risque auditif ?

Nathan live!

+ Quelques réponses possibles sur Nathan Live !

Exemples de questions liées à l'orientation 5 min

Voir aussi Partie 2, Conseil 7 → p. 80

- Vous souhaitez devenir responsable recherche et développement. En quoi consiste ce métier ? Quelles sont les études à suivre ? Avez-vous suivi des stages dans ce domaine ? Quelles sont les compétences à développer pour exercer ce métier ?
- La Physique est-elle la seule matière à travailler pour devenir responsable recherche et développement ? Si non, quelles sont les autres matières à travailler ?
- Connaissez-vous d'autres métiers permettant de concevoir des objets technologiques innovants ?

SUJET 5 PHYSIQUE-CHIMIE

Comment rendre l'eau de mer potable ?

Le contexte

- Pour faire face à la pénurie annoncée d'eau potable, de nouvelles techniques de production sont mises en place pour satisfaire les besoins des populations toujours plus nombreuses.
- Une des techniques prometteuses pour certains pays est le dessalement de l'eau de mer. En effet, si l'eau potable est rare, l'eau de mer, salée, est plus abondante.

DOC. 1. Volume d'eau sur Terre.

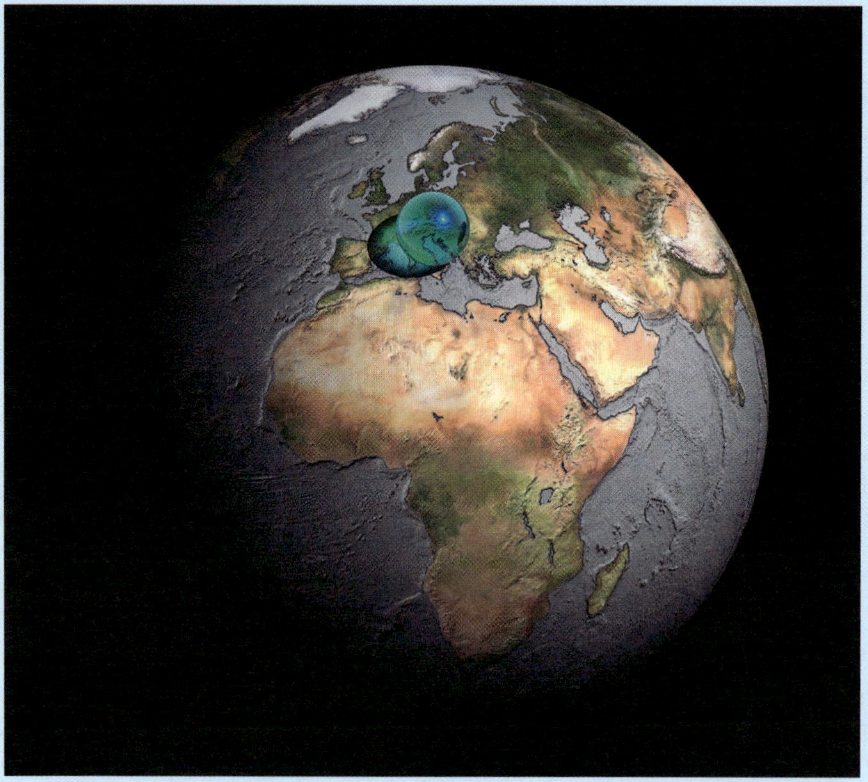

- Toute l'eau, potable et non potable, présente sur la Terre peut tenir dans une sphère de rayon 690 km (en comparaison, le rayon de la Terre est de 6 400 km).

Tout au long de l'année

- Dans un premier temps, reprenez vos cours de Première spécialité Physique-Chimie sur la **distillation**, le **champ électrique** et la **pression**, ainsi que vos cours de Terminale Enseignement scientifique sur la **transition énergétique**.
- Dans un deuxième temps, lisez vos cours de Terminale spécialité Physique-Chimie sur l'**albédo, l'effet de serre**, les **dosages** et le **mouvement d'une particule chargée** dans un champ électrique.
- Enfin consultez des sites Internet en utilisant les mots-clés : osmose inverse, distillation, électrodialyse, pression, champ électrique, contrôle qualité, répartition de l'eau potable, minimum d'eau.

Pour aller plus loin

Recherchez des informations sur le nombre de personnes sur Terre souffrant du manque d'eau, sur le coût des différentes techniques de dessalement de l'eau, etc.

Ressource utile

DOC. 2. Principe de fonctionnement d'un distillateur.

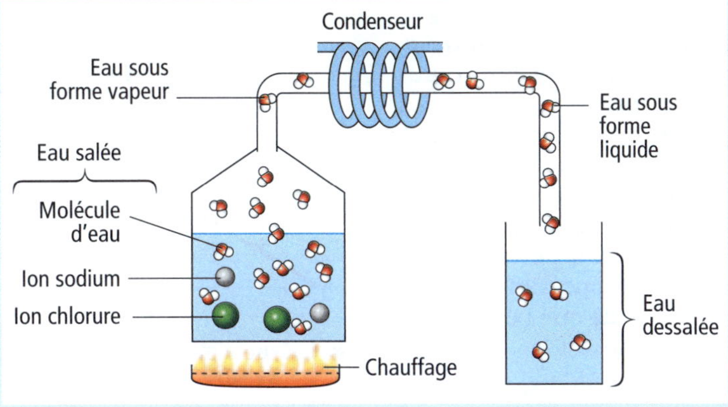

◀ **Schéma d'un distillateur.**

Autres ressources possibles

→ Étudiez la répartition de l'eau potable dans le monde.

→ Cherchez également sur Internet des informations sur la **reminéralisation** de l'eau dessalée.

→ Pour dessaler l'eau de mer, l'**électrodialyse** et l'**osmose inverse** sont aussi utilisées. Des informations intéressantes sur ces techniques sont présentées sur le site **universalis.fr**.

Nathan live! Ressources à exploiter

✚ Schéma d'un osmoseur sur Nathan Live !

Expériences utiles

EXPÉRIENCE 1. Réalisation d'un distillateur solaire.

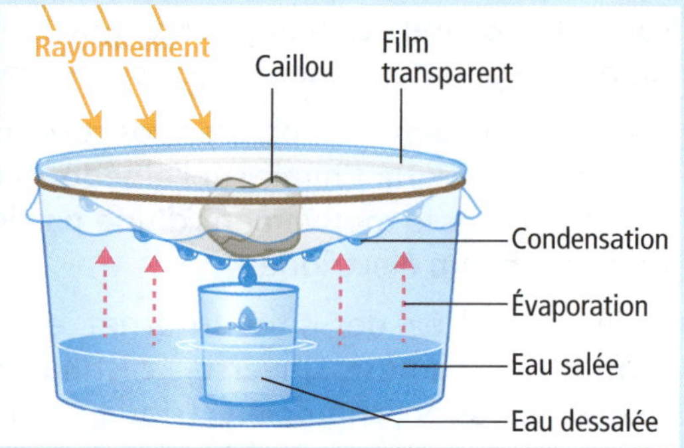

- Le Soleil émet un rayonnement qui est absorbé par l'eau salée et par le fond du cristallisoir qui la contient (le fond du cristallisoir peut être recouvert d'une surface noire afin de mieux absorber les rayonnements solaires). L'absorption de ces rayonnements provoque un échauffement à l'intérieur du distillateur et l'émission d'un rayonnement infrarouge. En effet, d'après la loi de Stefan-Boltzmann : $\varphi_E = k \times T^4$, avec φ_E (en watt par mètre carré, $W \cdot m^{-2}$) le flux thermique surfacique du rayonnement électromagnétique émis, T la température du corps (en kelvin, K), et k un facteur qui dépend du corps considéré.

EXPÉRIENCE 2. Dosages.

- Après le dessalement de l'eau, il est essentiel de vérifier que la concentration du sel dans l'eau est très faible grâce à un dosage par étalonnage conductimétrique. Pour cela, un conductimètre mesure la conductance électrique G de la portion de solution comprise entre les plaques de mesure de la cellule du conductimètre. Cet appareil peut alors fournir la conductivité électrique σ de la solution, proportionnelle à G, qui est d'autant plus grande que la solution conduit le courant électrique.
- Une fois l'eau dessalée, elle doit être reminéralisée pour être potable. Des dosages par titrage conductimétrique, pH-métrique ou colorimétrique permettent alors de contrôler les concentrations de ces minéraux.

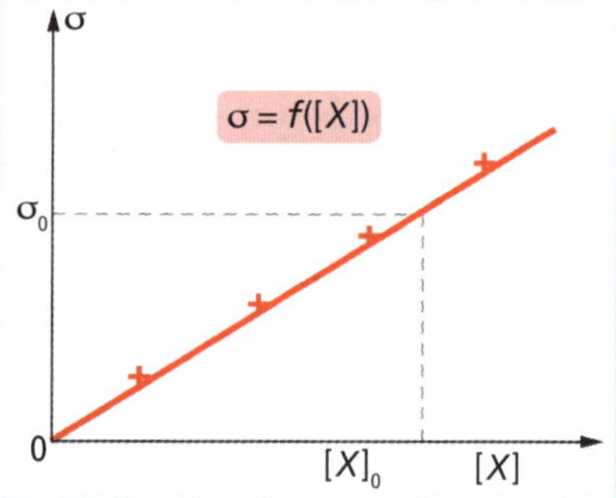

▲ Courbe d'étalonnage.

Nathan live!

Exemples d'expériences de dosages par titrage colorimétrique présenté sur Nathan Live !

Autre expérience possible

→ Pour le dessalement de l'eau, il est également possible de réaliser une expérience d'**osmose inverse**.

Métiers et choix d'orientation possibles

Technicien(ne) d'essais

› Un(e) technicien(ne) d'essais teste les prototypes créés dans les bureaux d'études avant leur fabrication en série. À partir d'un cahier des charges très précis, il (elle) contrôle et analyse des prototypes de moteurs, d'équipements énergétiques, etc. Pour cela, il (elle) travaille en équipe avec un(e) ingénieur(e) d'essais et éventuellement avec d'autres techniciens, afin d'effectuer des tests en laboratoire et de procéder à des simulations.
Après réalisation des tests et des simulations, il (elle) exploite les résultats obtenus et rédige des comptes-rendus afin d'indiquer aux décideurs si les prototypes peuvent être fabriqués en série ou s'ils doivent encore être améliorés.

Formation

Bac +2 Brevet de technicien supérieur (BTS) « électrotechnique », « assistance technique d'ingénieur » ou « industrialisation des produits mécaniques (IPM) ».

Bac +3 Bachelor universitaire de technologie (BUT) « mesures physiques » ou « génie mécanique et productique ».

Ingénieur(e) en énergie solaire

› De l'abri solaire qui recharge un véhicule électrique à la centrale qui produit de l'électricité, l'ingénieur(e) en énergie solaire conçoit et pilote des projets au cœur de l'énergie « verte ».

Formation Bac +5

Diplôme de master ou d'ingénieur en génie thermique ou en génie énergétique, avec une spécialisation en énergétique ou en thermo-énergétique (quelques écoles et universités proposent une spécialisation en énergie solaire ou en énergies renouvelables).

Ingénieur(e) procédés en chimie

› Un(e) ingénieur(e) procédés en chimie conçoit des usines et unités de production. Il (elle) est à la pointe des avancées techniques et environnementales et exerce dans les secteurs variés (parachimie, pharmacie, pétrochimie, aéronautique, nucléaire, etc.).
Travaillant en équipe et sachant piloter des projets, il (elle) exerce dans les groupes industriels et maîtrise l'anglais, ce qui lui permet d'intervenir à l'étranger.

Formation Bac +5

Diplôme d'ingénieur généraliste en génie chimique, en génie des procédés ou master en chimie, chimie et procédés (spécialité génie des procédés), procédés physico-chimiques (spécialité ingénierie des procédés) ou sciences et technologies mention « chimie » ou « médicament ».

Le jour J

40 min

Exemple de support — 20 min. temps de préparation

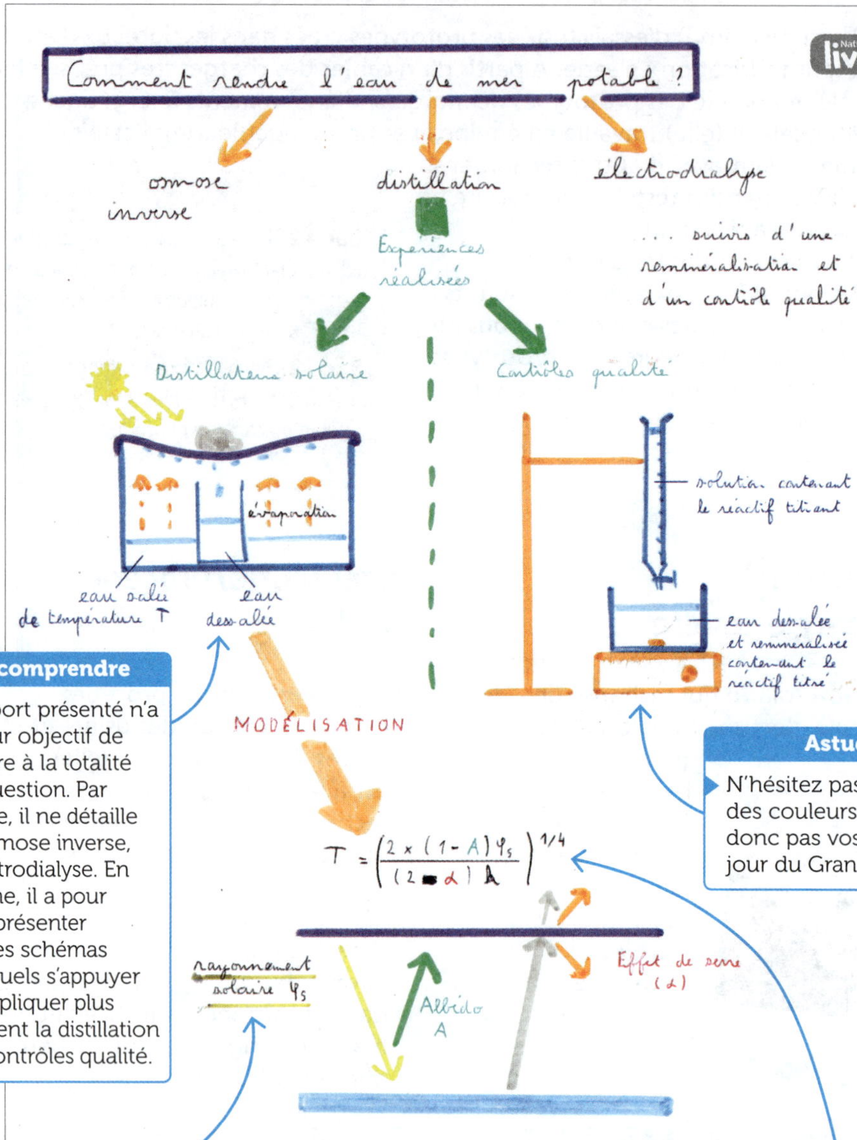

Bien comprendre

Le support présenté n'a pas pour objectif de répondre à la totalité de la question. Par exemple, il ne détaille pas l'osmose inverse, ni l'électrodialyse. En revanche, il a pour but de présenter quelques schémas sur lesquels s'appuyer pour expliquer plus facilement la distillation et les contrôles qualité.

Astuce

N'hésitez pas à utiliser des couleurs. N'oubliez donc pas vos feutres le jour du Grand oral !

Gagnez des points !

Évitez au maximum les fautes d'orthographe sur le support remis au jury.
Même si le support ne donne pas lieu à une évaluation, elles feront mauvais effet, tout particulièrement si elles portent sur des termes de Physique-Chimie.

À savoir

Cette formule découle de la loi de Stefan-Boltzman, étudiée en Terminale lors de l'étude du bilan thermique du système {Terre ; atmosphère}.

Exemple de présentation orale 5 min

L'eau potable facilement disponible dans les lacs, les fleuves et dans certaines eaux souterraines représente moins de 1 % de la ressource totale en eau, soit environ un million de kilomètres cubes. De plus, la répartition de cette eau est très inégale. En effet, dix pays se partagent 60 % des réserves d'eau potable, tandis qu'une trentaine d'autres, principalement en Afrique et au Moyen-Orient, sont confrontés à une pénurie chronique d'eau. Dans ces pays, plus de 250 millions d'individus ne disposent pas aujourd'hui du minimum vital d'eau défini à 1 000 mètres cubes par habitant et par an, et environ 400 millions de personnes vivent en situation de stress hydrique. On estime de plus que 2,5 milliards de personnes pourraient souffrir du manque d'eau en 2050 compte tenu de l'évolution de la démographie et de l'augmentation des consommations d'eau. Moi, en France, qui aie accès à autant d'eau potable que je souhaite, je me suis demandé s'il était possible de trouver une solution à ce problème vital.

Introduction

Commencez toujours par bien expliquer pourquoi vous avez choisi de traiter cette question.

Source

Ces informations proviennent du site Culture Sciences Chimie de l'ENS Lyon et peuvent être considérées comme fiables.

Connecteurs

Insistez à l'oral sur les connecteurs afin de bien séquencer votre exposé oral.

Pour faire face à cette pénurie annoncée d'eau, de nouvelles techniques de production d'eau potable doivent être mises en place pour satisfaire les besoins croissants des populations. Une des solutions prometteuses pour certains pays est le dessalement de l'eau de mer. En effet, plusieurs techniques sont opérationnelles, comme la distillation, l'osmose inverse ou l'électrodialyse.

Dans les procédés de distillation, il s'agit de chauffer l'eau de mer pour en vaporiser une partie. La vapeur ainsi produite ne contient pas de sels, il suffit alors de liquéfier cette vapeur en la refroidissant à l'aide d'un condenseur par exemple, pour obtenir de l'eau douce liquide. L'inconvénient majeur des procédés de distillation est leur consommation énergétique. En effet, pour transformer 1 kilogramme d'eau liquide en 1 kilogramme d'eau vapeur à la même température, il faut une énergie de 2250 kilojoules environ. Pour éviter d'utiliser au maximum des ressources d'énergie non renouvelables, il est alors possible d'utiliser l'énergie solaire, comme je l'ai testé au cours de l'année lors de la préparation de cette question et comme cela est présenté sur le support que je vous ai remis au début de cet exposé. La fabrication de ce distillateur solaire, puis l'analyse des résultats expérimentaux obtenus a permis de modéliser un dispositif de distillation et de vérifier notamment que l'albédo de l'eau salée est environ égal à 0,1.

Gérez votre temps !

Ne rentrez pas trop dans les détails car il n'est pas possible de tout présenter en cinq minutes.

Importance du support

Indiquez au jury lorsque vous souhaitez qu'il consulte votre support.

Gagnez des points !

Détaillez devant le jury la démarche scientifique que vous avez suivie tout au long de l'année de Terminale pour répondre à la question posée : il y sera très sensible !

L'osmose inverse est quant à elle un procédé de séparation de l'eau et des sels dissous au moyen de filtres (membranes semi-perméables). Les membranes laissent passer les molécules d'eau et ne laissent pas passer les sels dissous. Ainsi, une station utilisant la technique d'osmose inverse peut dessaler 10 mètres cubes d'eau de mer par jour en utilisant uniquement 20 kilojoules d'énergie par kilogramme d'eau traitée.

Enfin, l'électrodialyse est un procédé électrochimique qui permet d'extraire les ions contenus dans une solution grâce à des membranes anioniques et cationiques qui, sous l'action d'un champ électrique, laissent passer respectivement uniquement des anions ou des cations. Cette technique est intéressante du point de vue énergétique, notamment pour des eaux dont la salinité est faible, car il faut environ 15 kilojoules d'énergie par kilogramme d'eau traitée.

En conclusion, ces différentes techniques de dessalement sont très utiles, mais leur coût élevé (de 1 à 2 euros par mètre cube d'eau traitée) limite souvent leur utilisation aux pays riches. En effet, après le dessalement, l'eau doit être reminéralisée, puis des contrôles qualité doivent être réalisés par l'intermédiaire de dosages, par exemple. Cependant, depuis quelques années, la capacité des usines de dessalement s'est fortement accrue et les coûts de traitement ont connu une forte diminution. On peut donc être optimiste et dire que « oui, il est possible de rendre l'eau de mer potable » !

Je vous remercie de m'avoir écouté(e) et je suis maintenant à votre disposition pour répondre à vos questions.

Communication non verbale

Vous pouvez vous servir de vos mains en même temps que vous décrivez cette technique afin que le jury comprenne mieux ce que vous dites.

Soyez précis(e) !

Donnez dès que possible des données chiffrées pour étayer vos propos.

Astuce

N'hésitez pas à tendre des « perches » au jury pour qu'il vous pose ensuite des questions sur vos points forts, comme les dosages par exemple.

Nathan live! **Ressources à exploiter**

Podcast de l'exposé sur Nathan Live !

Exemples de questions pouvant être posées par le jury (10 min)

Questions pouvant être posées par un professeur de Physique-Chimie

- Qu'est-ce qu'une ressource d'énergie non renouvelable ? Qu'est-ce qu'une ressource d'énergie renouvelable ? Pourriez-vous donner quelques exemples ?
  → Term Enseignement scientifique
- Quelles difficultés avez-vous rencontrées lors de la réalisation du distillateur solaire ? → Expérience 1, p. 124
- Qu'est-ce que l'albédo ? Comment avez-vous mesuré l'albédo de l'eau salée ?
  → Term spécialité Physique-Chimie

- Pouvez-vous définir les différents termes de la formule notée sur le support que vous nous avez remis ? → Term spécialité Physique-Chimie
- Pouvez-vous nous donner des exemples de contrôle- qualité que vous avez réalisés au cours de l'année lors de la préparation de cette question pour le Grand oral ? → Expérience 2, p. 124
- La technique de la distillation est-elle utilisée dans d'autres domaines que le dessalement de l'eau de mer ? Si oui lesquels ? → Term spécialité Physique-Chimie
- Comment fonctionne précisément l'électrodialyse ?

Questions pouvant être posées par un professeur d'une autre discipline

- Quels sont les différents pays qui pourraient être intéressés par le dessalement de l'eau de mer à grande échelle ?
- Pouvez-vous nous citer certains des pays qui se partagent 60 % des réserves d'eau potable ?
- Quels sont les pays qui dessalent déjà l'eau de mer ?
- À quoi est dû le coût élevé des différentes techniques de dessalement de l'eau de mer ? Que coûte la reminéralisation de l'eau dessalée ?
- L'accès à l'eau potable pour tous est-il uniquement un enjeu scientifique ou est-ce également un enjeu économique, politique, ou autre ? Pourquoi ?
- Quelles sources avez-vous utilisées et comment les avez-vous recherchées lors de votre préparation du Grand oral ?
- Finalement, vous semblez penser que le dessalement de l'eau de mer pourrait être utilisé à grande échelle pour résoudre le problème de l'accès potable dans les différentes régions du monde. Pourquoi ?

À savoir

L'un des deux membres du jury est professeur de Physique-Chimie. L'autre en revanche n'est pas forcément un professeur d'une matière scientifique : cela peut être un professeur-documentaliste, un professeur d'Histoire-Géographie, etc. Attendez-vous donc également à des questions plus générales sur le sujet présenté.

Nathan live!

Quelques réponses possibles sur Nathan Live !

Exemples de questions liées à l'orientation 5 min

Voir aussi Partie 2, Conseil 7 → p. 80

- Les métiers liés au traitement des eaux vous semblent-ils des métiers d'avenir ? Pourquoi ?
- À votre avis, est-il possible de devenir ingénieur(e) en énergie solaire après avoir été technicien(ne) d'essais par exemple ?
- Connaissez-vous d'autres métiers liés à la transition énergétique ?

SUJET 6 MATHS PHYSIQUE-CHIMIE

Comment déterminer l'âge des peintures de la grotte Chauvet ?

Le contexte

- Découverte au pied d'une falaise bordant les gorges de l'Ardèche en 1994 et se développant en une succession de vastes salles sur 500 mètres de longueur, la grotte Chauvet est une grotte ornée paléolithique. Le site comporte un millier de peintures et de gravures réalisées par des êtres humains préhistoriques, dont 447 représentations d'animaux de 14 espèces différentes.
- Ces œuvres d'art pariétal exceptionnelles ont permis à la grotte Chauvet d'être inscrite sur la liste du patrimoine mondial de l'Unesco, mais une controverse scientifique a existé jusqu'en 2016 : de quand datent les peintures rupestres de cette grotte ?

DOC. 1. Controverse concernant la grotte Chauvet.

◀ **Panneau des Lions de la grotte Chauvet.**

- Depuis sa découverte en 1994 et jusqu'en 2016, la grotte Chauvet a fait l'objet d'une polémique sur l'âge de ses peintures murales.
- Des datations au carbone-14 réalisées par des chercheurs ont montré qu'elles dataient d'environ 30 000 ans, mais des chercheurs préhistoriens considéraient que ces œuvres d'art évoquaient bien davantage la culture magdalénienne, située entre 17 000 et 12 000 ans avant J.-C., et dont le plus bel exemple est la grotte ornée de Lascaux.

D'après www.futura.sciences

Nathan live! **Ressources à exploiter**

✚ Lien vers une visite virtuelle de la grotte sur Nathan Live !

Tout au long de l'année

- Dans un premier temps, reprenez vos cours de 2de de Physique-Chimie et de 1re Enseignement scientifique sur la **radioactivité**.
- Dans un deuxième temps, lisez vos cours de spécialité Mathématiques de 1re sur la **fonction exponentielle** et de prm sur la **fonction logarithme népérien**, ainsi que sur les **équations différentielles**. Lisez aussi vos cours de T^erm^ spécialité Physique-Chimie sur les transformations nucléaires. De plus, le langage de programmation **Python**, utilisé à la fois en Mathématiques et en Physique-Chimie, doit être maîtrisé.
- Enfin, consultez les sites Internet du **ministère de la Culture**, du Commissariat à l'énergie atomique et aux énergies alternatives **(CEA)**, du Centre national de la recherche scientifique **(CNRS)**, de l'Institut national de recherches archéologiques préventives **(INRAP)**, de l'Institut national d'histoire de l'art **(INHA)**, en utilisant les mots clés : grotte Chauvet, controverse concernant la datation de la grotte Chauvet, constitution des peintures rupestres, isotopes du carbone, datation par radiochronologie, par carbone-14, par chlore-36, loi de décroissance radioactive, chronologie absolue.

Pour aller plus loin

Recherchez des informations sur les limites des différentes méthodes de datation, sur les instruments de mesure de radioactivité, sur la culture magdalénienne, sur l'histoire des mathématiques concernant le calcul dérivé et la résolution des équations différentielles, etc.

Ressources utiles

DOC. 2. Constitution des peintures rupestres.

Peinture rupestre de la grotte Chauvet représentant des chevaux et le combat de deux rhinocéros (Panneau des Chevaux, salle Saint-Hilaire).

- Les peintures rupestres de la grotte Chauvet ont été réalisées avec des minéraux : le rouge est constitué d'oxydes de fer Fe_2O_3, le noir est constitué de dioxyde de manganèse MnO_2. Des fragments de charbon de bois (constitué notamment de cellulose $[C_6H_{12}O_6]_n$) ont été utilisés pour tracer les traits noirs des peintures.
- On observe également des mouchages de torche, qui sont des traces laissées par les hommes préhistoriques lorsqu'ils frottaient leur torche sur les parois pour enlever la partie carbonisée qui empêchait la flamme de brûler.

D'après H. Valladas, J. Cottes et J.-M. Geneste, *Pour La Science*, dossier n° 42, janvier 2004

DOC. 3. Composition du charbon de bois

- Les parois cellulaires très épaisses donnent au bois ses propriétés. Ces parois sont formées de deux constituants principaux, la cellulose et la lignine.
- La cellulose est une macromolécule composée d'un enchaînement de plusieurs molécules de glucose de formule $C_6H_{12}O_6$.
- La cellulose est produite à partir des glucides élaborés lors de la photosynthèse, processus pendant lequel les végétaux absorbent du dioxyde de carbone de l'atmosphère ($^{12}CO_2$ et $^{14}CO_2$).

D'après canalblog.com

DOC. 4. Radioactivité.

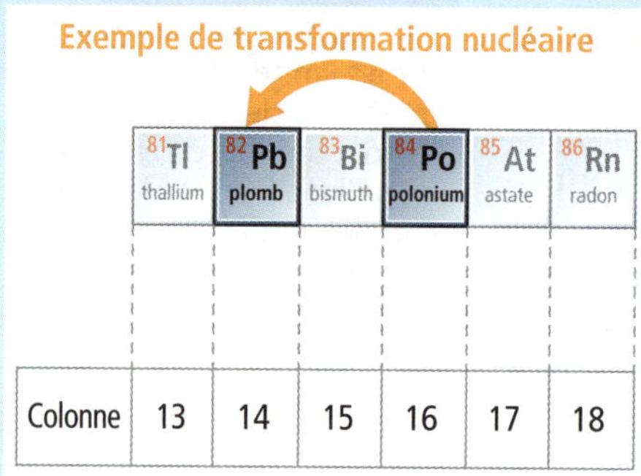

▲ Exemple de transformation nucléaire.

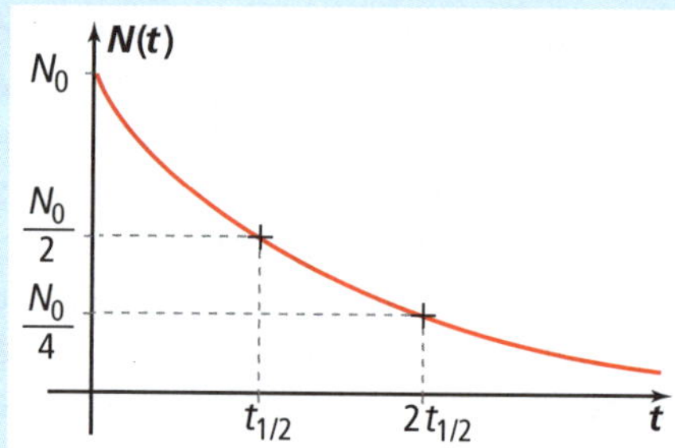

▲ Courbe de décroissance radioactive du nombre de noyaux radioactifs d'un échantillon.

- La radioactivité est la manifestation **spontanée** d'une transformation nucléaire au cours de laquelle un noyau radioactif, appelé noyau père, se désintègre en un ou plusieurs autre(s) noyau(x), appelé(s) noyau(x) fils.
- La radioactivité ne concerne que certains isotopes, par exemple le carbone-14 (6 protons et 8 neutrons), le chlore-36 (17 protons et 19 neutrons), le polonium-210 (84 protons et 126 nucléons) ou l'uranium-238 (92 protons et 146 neutrons).
- C'est un **phénomène aléatoire** : il est impossible de prévoir à l'avance la date de désintégration d'un noyau radioactif, ni de modifier les caractéristiques de ce phénomène. La prévision du comportement d'un seul noyau radioactif est donc probabiliste.
- Si un échantillon contient à une date t un grand nombre $N(t)$ de noyaux radioactifs identiques, il est possible de réaliser une **étude statistique** et d'en déduire l'évolution temporelle de la population de ces noyaux radioactifs grâce à une **loi de décroissance radioactive**.
- Le **temps de demi-vie** $t_{1/2}$ est la durée nécessaire pour que la population de noyaux radioactifs identiques d'un échantillon soit divisée par deux.
  Par exemple, le temps de demi-vie du carbone-14 est de 5 730 ans, celui du chlore-36 de $3{,}01 \times 10^5$ ans, celui du polonium-210 de 138 jours et celui de l'uranium-238 de 4,5 milliards d'années.
- **L'activité** $A(t)$ représente le nombre moyen de désintégrations par unité de temps au sein d'un échantillon.

DOC. 5. Loi de décroissance radioactive.

- Dans le cas d'un échantillon contenant un grand nombre $N(t)$ de noyaux radioactifs identiques à une date t, la probabilité $p(t)$ pour qu'un noyau isolé se désintègre entre les dates t et $t + \Delta t$, donc pendant une durée Δt, est égale au quotient du nombre de noyaux se désintégrant pendant cette durée $N(t) - N(t + \Delta t) = -\Delta N$ ($\Delta N < 0$) par le nombre total de noyaux $N(t)$:

$$p(t) = \frac{N(t) - N(t+\Delta t)}{N(t)} = -\frac{\Delta N}{N(t)}$$

- La probabilité de désintégration d'un noyau par unité de temps est un réel strictement positif noté λ, nommé constante radioactive du noyau considéré : $\lambda = \frac{p(t)}{\Delta t}$.
- En égalisant les deux expressions : $p(t) = -\frac{\Delta N}{N(t)} = \lambda \times \Delta t$, soit $\frac{\Delta N}{\Delta t} = -\lambda \times N(t)$.
  De plus, comme $\frac{\Delta N}{\Delta t}$ ne dépend pas de la durée Δt, on peut prendre Δt très faible.
  Ainsi, pour une durée de comptage Δt tendant vers zéro :
  $\lim\limits_{\Delta t \to 0}\left(\frac{\Delta N}{\Delta t}\right) = \frac{dN}{dt}$ et $\frac{dN}{dt} = -\lambda \times N(t)$.
  La fonction N est donc solution de l'équation différentielle linéaire du premier ordre à coefficient constant $y' = ay$, avec $a = -\lambda$ un réel non nul (a est strictement négatif dans le cadre de cette étude).
- Or, par hypothèse, les fonctions solutions de l'équation différentielle $y' = ay$ sont les fonctions f_k définies sur $\mathbb{R}$ par $f_k(x) = ke^{ax}$ où k est un nombre réel.

Remarque

On admet que la fonction N est dérivable. De plus, la notation $\frac{dN}{dt}$ désigne le nombre dérivé de cette fonction par rapport au temps à la date t.

Démonstration mathématique

- La fonction f_k définie sur $\mathbb{R}$ par $f_k(x) = ke^{ax}$, avec k un nombre réel, est dérivable sur $\mathbb{R}$ et $f_k'(x) = a\,ke^{ax}$, donc $f_k'(x) = a\,f_k(x)$. On en déduit que f_k est solution de l'équation différentielle $y' = ay$.
- Réciproquement, on considère une solution g sur $\mathbb{R}$ de y' $= ay$.
  On note ϕ la fonction définie sur $\mathbb{R}$ par $\phi(x) = g(x)e^{-ax}$. La fonction ϕ est dérivable sur $\mathbb{R}$ et pour tout réel x, $\phi'(x) = g'(x)e^{-ax} - ag(x)e^{-ax} = (g'(x) - ag(x))e^{-ax}$.
  Or, par hypotèse, pour tout réel x, $g'(x) = ag(x)$ donc $\phi'(x) = 0$.
  Ainsi ϕ est une fonction constante sur $\mathbb{R}$ et il existe un réel k tel que pour tout réel x, $\phi(x) = k$, soit $g(x)e^{-ax} = k$. On en déduit que pour tout réel x, $g(x) = ke^{ax}$.
- Ainsi, la fonction N est égale à : $N(t) = N_0\,e^{-\lambda t}$ avec $N_0 = N(0)$ un réel strictement positif qui correspond au nombre de noyaux radioactifs de l'échantillon à la date $t = 0$.

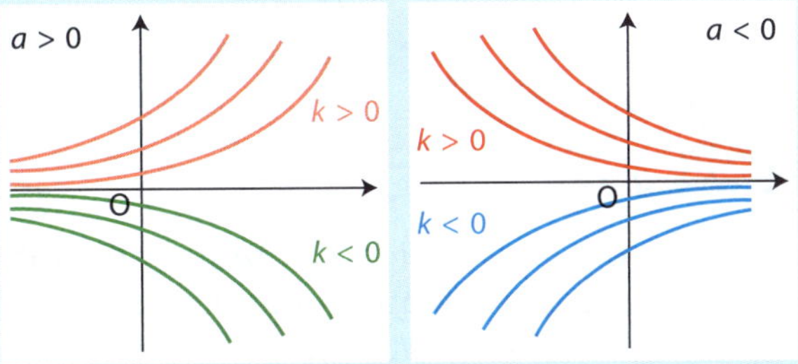

Allures des courbes des fonctions solutions selon les signes de a et de k. ▶

live! Nathan — Ressources à exploiter

Rappels sur la radioactivité à télécharger sur Nathan Live !

DOC. 6. Datations au carbone-14 des peintures de la grotte Chauvet.

- Le Laboratoire des Sciences du Climat et de l'Environnement (LSCE) est une unité mixte de recherche entre le CEA, le CNRS et l'Université de Versailles Saint-Quentin. Ce laboratoire a analysé à partir de 1995 certains des échantillons de charbon de bois extraits des peintures de la grotte Chauvet grâce à la technique de datation au carbone-14.

▲ **Laboratoire des Sciences du Climat et de l'Environnement au sein du campus de Gif-sur-Yvette (Essone).**

- D'après ce laboratoire, les fragments de charbon de bois prélevés sur les peintures rupestres ont une ancienneté comprise entre 30 000 et 35 000 ans, ce qui contredit l'étude portant sur la comparaison des types d'art préhistoriques qui expliquait que les peintures avaient été réalisées entre 17 000 et 12 000 ans avant J.-C.

D'après H. Valladas, LSCE, e2phy.in2p3.fr/2004/actes/Valladas.pdf

DOC. 7. Consensus concernant la grotte Chauvet.

- Une méta-analyse, publiée en 2016, a repris l'intégralité des différentes datations effectuées, à savoir la comparaison des types d'art préhistoriques et les datations au carbone-14 des peintures rupestres, ainsi qu'une étude géomorphologique et des datations au chlore-36 de la grotte qui ont permis de montrer en 2012 que la grotte avait été totalement obstruée par des éboulements il y a 21 500 ans. Il a ainsi été établi et validé par la communauté scientifique que l'activité humaine a totalement cessé dans la grotte il y a 28 000 ans.
- Ainsi, Anita Quiles, l'auteure principale de cette étude statistique, a déclaré : « On avait initialement ramené l'art de la grotte Chauvet à celui de Lascaux car cet art est très beau et dynamique. Mais maintenant, on constate 10 000 ans, voire 15 000 ans d'écart entre les datations des deux sites ».

D'après : A. Quiles *et al.*, « A high-precision chronological model for the decorated Upper Paleolithic cave of Chauvet-Pont d'Arc, Ardèche, France », *PNAS*, avril 2016

Autres ressources possibles

→ Vous pouvez étudier la **datation géomorphologique** de la grotte Chauvet effectuée par le laboratoire Edytem (Environnements et dynamiques des territoires de montagnes) de l'Université de Savoie, ainsi que la **datation au chlore-36** réalisée par le Cerege (Centre européen de recherche et d'enseignement des géosciences de l'environnement) à Aix-en-Provence.

→ Recherchez aussi sur Internet les manières d'établir une **courbe étalon** pour la méthode de **datation au carbone-14**, en étudiant par exemple la méthode utilisant les **cernes des arbres**.

Expérience utile

SIMULATION. Évolution d'une population de noyaux radioactifs de carbone-14.

```
csteradio=np.log(2)/demi_vie #calcul de la constante radioactive
#log représente ici le logarithme népérien et non décimal

x = np.linspace(0, duree, h) #x varie de 0 à duree avec un pas h
y = P0*np.exp(-csteradio*x) #calcul de la proportion P du nombre de noyaux
#de carbone 14 résiduels à une date t (en %) par rapport au nombre de noyaux de
#carbone 14 présents à l'instant de la coupe de ce bois par les êtres humains
plt.plot(x, y) #représente le point calculé
```

▲ **Extrait du programme Python.**

- Simuler l'évolution d'une population de noyaux radioactifs de carbone-14 grâce au **langage de programmation Python** permet d'expliquer la technique de datation au carbone-14 utilisée pour dater les peintures de la grotte Chauvet.

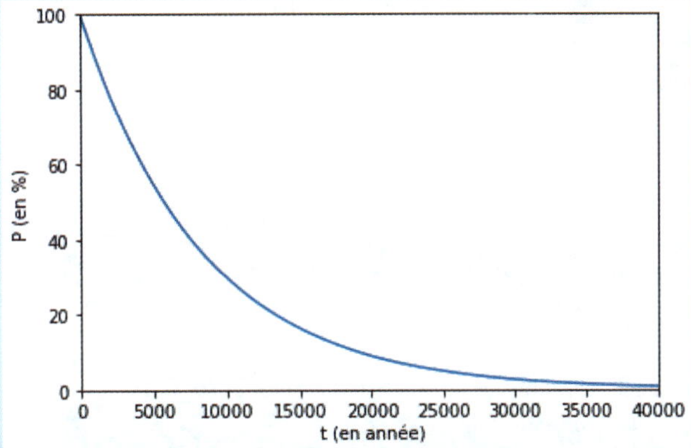

▲ **Graphique affiché.**

- En effet, le carbone-14 est un isotope radioactif du carbone qui se désintègre en azote-14. Se formant dans la haute atmosphère de la Terre, il existe un atome de carbone-14 pour 1 000 milliards d'atomes de carbone-12 (isotope non radioactif). Comme tout isotope du carbone, le carbone-14 est présent dans le dioxyde de carbone CO_2. Ce dioxyde de carbone est assimilé par les végétaux chlorophylliens tout au long de leur vie au cours de la photosynthèse. Les végétaux produisent leur propre matière grâce à ce carbone qu'ils assimilent, par exemple, en fabriquant du bois. Or, une fois coupé, le bois meurt et il n'assimile plus de carbone atmosphérique. La quantité de carbone-12 reste constante puisque le carbone-12 est non radioactif, tandis que la quantité $N(t)$ de carbone-14 assimilé diminue au cours du temps de façon exponentielle d'après la loi de décroissance radioactive : $N(t) = N_0\, e^{-\lambda t}$, avec N_0 le nombre de noyaux de carbone-14 de l'échantillon à la date $t = 0$ (correspondant à la coupe du bois) et $\lambda = \frac{\ln 2}{t_{1/2}}$ la constante radioactive du carbone-14.
- La datation repose sur la comparaison du quotient entre les quantités de carbone-12 et de carbone-14 contenues dans un échantillon avec celui d'un échantillon standard de référence. On déduit de cette comparaison « l'âge carbone-14 » de l'échantillon qu'on cherche à dater. Cet « âge carbone-14 » est ensuite traduit en âge réel (ou « âge calendaire ») en le comparant à une courbe étalon, réalisée par les chercheurs à force de nombreuses mesures complémentaires.

Nathan live! Ressources à exploiter

+ Code Python complet à télécharger

Métiers et choix d'orientation possibles

Restaurateur(trice) d'œuvre d'art

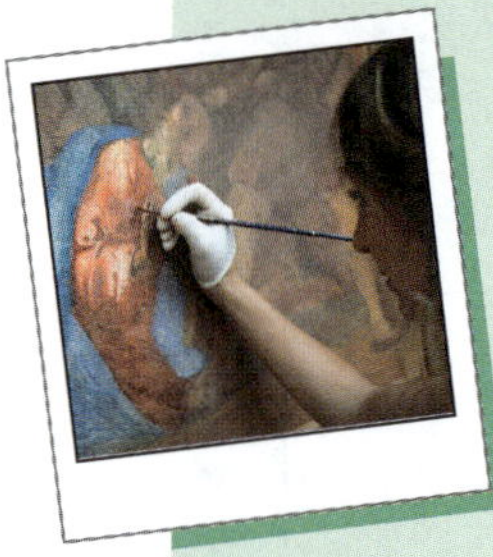

- Un(e) restaurateur(trice) d'œuvre d'art a de nombreuses compétences, tant historiques que chimiques et manuelles. Après avoir fait le diagnostic d'une œuvre endommagée, il (elle) utilise des procédés chimiques et physiques pour lui rendre son aspect originel.

Formation

Le métier de restaurateur(trice) d'œuvre d'art peut être très divers, ce qui induit une grande diversité de formations.

Bac +2 Diplôme des métiers d'art, habitat (option restauration de mobilier).

Bac +5 Diplôme de restaurateur du patrimoine à l'Institut national du patrimoine (INP) ou à l'Institut des métiers et d'arts (INMA).

Assistant(e) ingénieur(e)

- Un(e) assistant(e) ingénieur(e) est en charge du développement et de l'exploitation de certaines installations techniques, comme la datation radiométrique. Ce métier requiert de solides compétences en Mathématiques et en Physique-Chimie.

Formation

Bac +2 Brevet de technicien supérieur (BTS) techniques physiques pour l'industrie ou le laboratoire.

Bac +3 Bachelor universitaire de technologie (BUT) mesures physiques.

Archéologue

- Spécialisé(e) dans l'étude des vestiges du passé, un(e) archéologue, qui est souvent enseignant(e)-chercheur(e), travaille sur le terrain où il (elle) dirige des fouilles, mais aussi en laboratoire. La mise au jour méticuleuse et rigoureuse de vestiges n'est qu'un aspect de son activité. En effet, l'archéologue doit ensuite analyser les résultats de la fouille, c'est-à-dire décrire, classer et analyser les objets découverts. Il (elle) doit ensuite faire part de ses travaux dans des rapports ou des publications.

Formation **Bac +8**

Divers parcours sont possibles ; un double cursus est particulièrement recommandé. En plus d'étudier l'histoire de l'art, l'histoire et/ou l'ethnologie ou l'anthropologie avec mention « archéologie », il est conseillé de suivre des enseignements de physique et de chimie, pour l'archéométrie et la conservation-restauration des mobiliers, des enseignements de biologie, de géologie, de sciences de l'environnement, ou des enseignements de mathématiques.
Trouver un poste de chercheur ou d'ingénieur de recherche en archéologie nécessite d'obtenir un doctorat et de prolonger le plus souvent avec un post-doctorat. Par exemple, Anita Quilès, l'auteure principale de la méta-analyse qui a permis d'établir un consensus concernant la datation des peintures de la grotte Chauvet est titulaire de deux doctorats : en physique et en égyptologie.

Le jour J

40 min

Exemple de support

20 min. temps de préparation

Comment déterminer l'âge des peintures de la grotte Chauvet ?

1994 Découverte de la grotte Chauvet

CONTROVERSE concernant l'âge des peintures rupestres → Comparaison des cultures préhistoriques : peintures réalisées entre 17000 et 12000 ans av. J.C.

↓ Datation au carbone 14

Loi de décroissance radioactive : $\frac{dN}{dt} = -\lambda N(t)$ (λ : constante radioactive ; N(t) : nombre de noyaux radioactifs)

(équation différentielle linéaire du premier ordre à coefficient constant : $y' = ay$ avec $a = -\lambda$ un réel non nul)

$\rightarrow N(t) = N_0 e^{-\lambda t}$

$t = -\frac{1}{\lambda} \ln \frac{N(t)}{N_0}$

peintures réalisées entre 33000 et 28000 ans av. J.C.

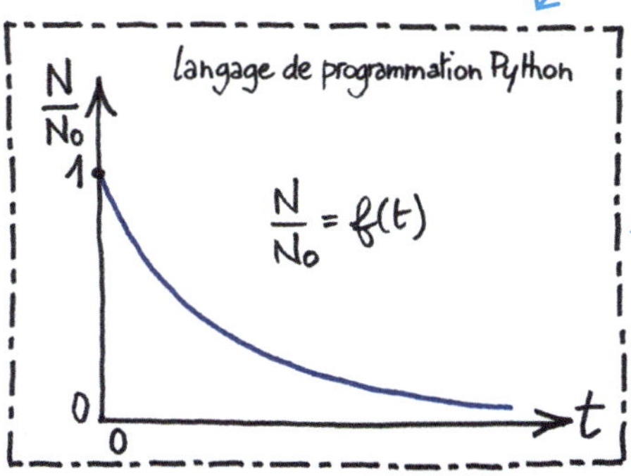

2012 Étude géomorphologique et datation au chlore 36 : grotte définitivement obstruée en 19500 av. J.C.

2016 CONSENSUS (méta-analyse) : peintures rupestres réalisées il y a plus de 26000 ans av. J.C.

Gagnez des points !

Présentez les expériences que vous avez réalisées au cours de l'année.

Gagnez du temps

Représentez uniquement l'allure des courbes obtenues expérimentalement pendant l'année, mais n'oubliez pas de préciser le titre du graphique, ainsi que l'abscisse et l'ordonnée.

Astuce

Écrivez en majuscule les mots importants qui permettent d'illustrer la construction du savoir scientifique.

Exemple de présentation orale 5 min

J'ai toujours été intéressé(e) par la spéléologie et l'exploration des grottes. Lorsque l'un de mes professeurs d'Enseignement scientifique de 1re nous a parlé de la controverse concernant l'âge des peintures rupestres de la grotte Chauvet, j'ai commencé à chercher des informations plus précises sur ce sujet. J'ai d'abord été ébloui(e) par la beauté du site en faisant une visite virtuelle de cette grotte sur le site *archeologie.culture.fr* et en visionnant le film documentaire en 3D du cinéaste Werner Herzog *La grotte des rêves perdus*. Puis j'ai cherché des informations plus précises sur les sites Internet du ministère de la Culture, du CEA, du CNRS, de l'INRAP et de l'INHA notamment, afin de pouvoir présenter aujourd'hui cette controverse qui a animé la communauté scientifique jusqu'en 2016 et y apporter une réponse.

Introduction

Personnalisez votre exposé et décrivez la démarche qui vous a amené(e) à choisir ce sujet afin de le rendre le plus intéressant possible pour le jury.

Sources

Indiquez vos sources au jury pour qu'il se rende compte du travail important que vous avez mené.

Comme indiqué sur le support que je vous ai remis, la grotte Chauvet, en Ardèche, a été découverte en 1994. Cette grotte ornée paléolithique est une succession de vastes salles sur 500 mètres de longueur et elle comporte un millier de peintures et de gravures. Ces œuvres d'art pariétal exceptionnelles ont permis à la grotte Chauvet d'être inscrite en 2014 sur la liste du patrimoine mondial de l'Unesco.

Importance du support

Faites au moins une fois référence au support dans votre exposé oral.

Dès la découverte de la grotte, une controverse scientifique est apparue et a duré jusqu'en 2016 : de quand datent les peintures murales de cette grotte ? En effet, des préhistoriens, comme André Leroi-Gourhan, considéraient que l'art préhistorique possédait un berceau unique en Europe, et qu'il avait évolué progressivement pour devenir de plus en plus raffiné. Or, les peintures dans la grotte Chauvet évoquaient la culture magdalénienne, dont le plus célèbre exemple est la grotte ornée de Lascaux, datée entre 17 000 et 12 000 ans avant Jésus Christ. Pour ces chercheurs, les peintures de la grotte Chauvet seraient donc de la même période.

Connecteurs

Insistez à l'oral sur les connecteurs afin que le jury suive bien la logique de votre exposé oral.

Le Laboratoire des Sciences du Climat et de l'Environnement de l'Université de Versailles Saint-Quentin a analysé dès 1995 certains des échantillons de charbon de bois extraits des peintures de la grotte Chauvet grâce à la technique de datation au carbone-14. Les enseignements en Terminale de spécialités Mathématiques et Physique-Chimie m'ont alors permis de bien comprendre cette technique et de simuler, grâce au langage de programmation Python, l'évolution temporelle de la proportion d'isotopes de carbone-14 dans le charbon de bois utilisé pour réaliser les peintures rupestres de cette grotte.

Astuce

- Faites le lien entre votre sujet et vos deux enseignements de spécialité étudiés en Terminale.
- Indiquez aussi au jury les expériences que vous avez menées afin de lui montrer que vous avez bien préparé ce Grand oral.

À partir de l'étude statistique d'un très grand nombre de noyaux radioactifs, on peut en effet établir une équation différentielle linéaire du premier ordre à coefficient constant régissant le nombre N de noyaux de carbone-14 à une date t. Cette équation dépend notamment d'une constante radioactive, notée lambda, qui est égale à la valeur du logarithme népérien de 2 divisée par le temps de demi-vie du carbone-14, égal à 5 730 ans.

Or, depuis 1739, grâce au mathématicien et physicien suisse Leonhard Euler, nous savons résoudre une telle équation différentielle : les fonctions solutions de l'équation différentielle $y' = ay$ sont les fonctions f_k définies sur $\mathbb{R}$ par $f_k(x) = ke^{ax}$ où k est un nombre réel. Ainsi, l'âge des peintures murales a pu être estimé entre 30 000 et 35 000 ans.

Les résultats de ces deux méthodes de datation (comparaison des types d'art préhistoriques et datation au carbone-14) étaient donc contradictoires. Des techniques nouvelles ont heureusement été développées : une étude géomorphologique et une datation au chlore-36 des éboulis devant la grotte Chauvet ont établi en 2012 que l'entrée de la grotte avait été définitivement obstruée il y 21 500 ans, soit en 19 500 avant J.-C. Ainsi, ces nouveaux résultats ont permis de rejeter la technique de comparaison des types d'art préhistoriques et, en 2016, une méta-analyse menée par l'archéologue Anita Quilès, docteure en physique, a permis d'établir un consensus dans la communauté scientifique : les peintures rupestres de la grotte Chauvet ont été réalisées il y a plus de 28 000 ans.

En conclusion, les recherches que j'ai menées pour préparer ce Grand oral m'ont permis de comprendre que le savoir résulte d'une construction collective, faite parfois de controverses, et que des faits nouveaux, des techniques et des théories nouvelles permettent d'affiner ou de rejeter certains modèles avant d'arriver à un consensus. Étant intéressé(e) par la préhistoire, par les sciences et par les mathématiques, cela m'a ainsi donné envie de travailler plus tard dans ces domaines et devenir si possible archéologue, comme Anita Quilès. C'est pourquoi je me suis inscrit(e) à la rentrée prochaine dans un double parcours « histoire » et « physique-chimie », car j'espère me former à la fois aux techniques scientifiques et aux missions des conservateurs-restaurateurs dans les laboratoires afin d'appréhender l'archéologie dans sa dimension pluridisciplinaire et sa pratique scientifique de terrain.

J'ai beaucoup aimé réfléchir à cette question et j'espère vous avoir intéressés.

Gagnez des points !

- Tendez des « perches » au jury en parlant du temps de demi-vie du carbone-14. Le jury vous demandera sûrement sa définition lors de la phase de questions.
- Donnez des valeurs chiffrées et référez-vous à l'histoire des mathématiques et des sciences dès que possible.

Faites des pauses

Prévoyez un silence après ces informations afin de souligner leur importance.

Orientation

Expliquez si possible comment la question à laquelle vous avez répondu pour le Grand oral a pu vous être utile dans le cadre de votre projet d'orientation.

Nathan live! Ressources à exploiter

+ Podcast de l'exposé sur Nathan Live !

Exemples de questions pouvant être posées par le jury 10 min

Questions pouvant être posées par un professeur de Mathématiques ou de Physique-Chimie

- Pouvez-vous détailler la démonstration mathématique permettant de déterminer les fonctions solutions d'une équation différentielle linéaire du premier ordre à coefficient constant ? → Doc. 5 p.133
- On raisonne dans cette démonstration par double inclusion, que cela signifie-t-il ? → Term spécialité Mathématiques
- Que pouvez-vous nous dire sur la dérivabilité, la continuité et les limites de la fonction logarithme népérien ? → Term spécialité Mathématiques
- Comment pourriez-vous définir la radioactivité ? → Term spécialité Physique-Chimie
- À quoi correspond le temps de demi-vie ? Sa valeur est-elle la même pour tous les noyaux radioactifs ? → Term spécialité Physique-Chimie
- Connaissez-vous d'autres exemples de controverses scientifiques ? Si oui, lesquelles ? → 1re Enseignement scientifique
- Quelles fonctions du langage de programmation Python avez-vous utilisées pour simuler l'évolution temporelle de la proportion d'isotopes de carbone-14 dans le charbon de bois utilisé pour réaliser les peintures rupestres de la grotte Chauvet ? → 2de, 1re et Term spécialités Mathématiques et Physique-Chimie ; Simulation p. 135

Questions pouvant être posées par un professeur d'une autre discipline

- Comment la grotte Chauvet a-t-elle été découverte en 1994 ?
- Pourriez-vous détailler la méthode de comparaison des types d'art préhistoriques proposée à l'époque par André Leroi-Gourhan ?
- Pourriez-vous expliquer sur quoi se sont fondées l'étude géomorphologique et la datation au chlore-36 pour établir que l'entrée de la grotte Chauvet a été définitivement obstruée il y 21 500 ans ?

Nathan live!

Quelques réponses possibles sur Nathan Live !

Exemples de questions liées à l'orientation 5 min

Voir aussi Partie 2, Conseil 7 → p. 80

- Vous souhaitez devenir archéologue. Quelles sont les compétences à développer pour exercer ce métier ? Cela signifie-t-il que vous n'aurez plus aucun enseignement en mathématiques à partir de la rentrée prochaine ?
- Pour être chercheur(se) en archéologie, il est conseillé d'effectuer un post-doctorat après un doctorat, à quoi cela correspond-il ?

Pour aller plus loin

Le jury pourrait également poser des questions sur la conservation-restauration, les métiers de maître d'œuvre, de maître d'ouvrage, etc.

Autres questions possibles

→ Maths

- Comment construire une figure dont l'aire tend vers zéro et dont le périmètre tend vers l'infini ?
- Comment étudier la vitesse de convergence d'une suite ?
- Qu'est-ce qu'une fonction catastrophe ? L'exemple de la queue d'aronde.
- Pourquoi comparer des méthodes d'approximation de solution d'une équation ?
- Est-il possible qu'une même chanson soit diffusée deux fois de suite dans une playlist diffusée en mode aléatoire ?
- Comment déterminer la distance entre deux droites de l'espace ?
- Comment modéliser une selle de cheval grâce aux mathématiques ?
- Pourquoi des méthodes d'approximation sont-elles utilisées pour résoudre une équation différentielle ? L'exemple de la méthode d'Euler.
- Qu'est-ce que la loi hypergéométrique et à quoi sert-elle ?
- Comment appliquer la méthode de Monte-Carlo grâce à un algorithme ?
- Est-il recommandé de répondre au hasard à des QCM si on n'a pas du tout révisé le sujet évalué ?
- Comment construire la courbe de la sorcière ?

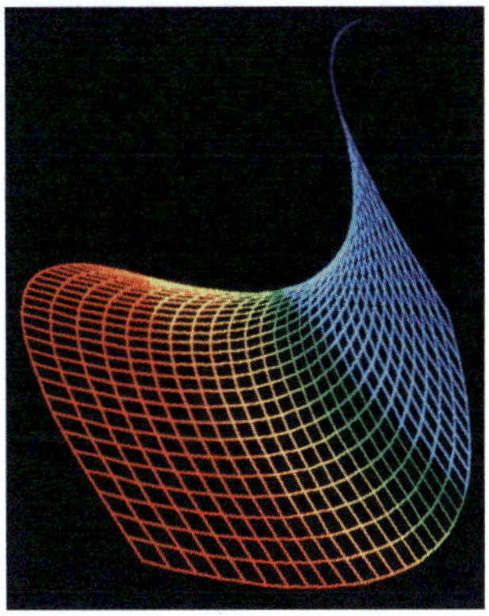

▲ **Modélisation d'une selle de cheval.**

→ Physique-Chimie

- Comment modéliser une méthode de protection contre les rayonnements ionisants ?
- Comment est-il possible de faire tenir en équilibre une canette inclinée sur une table sans trucages ?
- Comment prouver qu'un mécanisme réactionnel est « correct » dans le cas d'une réaction de saponification ?
- La température moyenne de la surface terrestre pourrait-elle diminuer si l'ensemble des routes et des toits sur Terre étaient peints en blanc ?
- Comment refroidir des composants électroniques ?
- Pourquoi utiliser du dihydrogène comme réservoir d'énergie ?

Rappel

Pensez à vos questions dès le début de l'année.

- A quoi sert et comment fonctionne une batterie de voiture à moteur thermique ?
- Comment transmettre des données numériques avec des diodes électroluminescentes (DEL) ?
- Quelle est l'influence des caractéristiques d'une lunette afocale sur l'observation des étoiles doubles ?
- Pourquoi l'eau de javel est-elle efficace pour nettoyer une surface touchée par une personne atteinte de la Covid-19 ?
- Pourquoi faut-il verser de l'eau dans la grenadine et pas de la grenadine dans l'eau ?
- Comment expliquer les mouvements d'un yoyo ?
- Vaut-il mieux fabriquer de l'aluminium à partir de la bauxite ou recycler les objets en aluminium ?
- En quoi la radioactivité permet-elle de lutter contre les fraudes ?
- Pile lithium-ion ou pile à hydrogène : laquelle choisir pour les véhicules à propulsion électrique ?
- Du béton ou du bois pour isoler sa maison ?

→ Maths / Physique-Chimie

- Comment mesurer avec la plus grande précision possible l'intensité de la pesanteur terrestre ?
- Comment mesurer le débit volumique de l'eau dans des canalisations ?
- Comment modéliser la trajectoire d'un ballon lors d'un match de volley-ball ?
- Pourquoi étudier la géométrie des molécules ?
- Comment décrire mathématiquement l'amortissement des oscillations d'un pendule élastique ?
- Comment modéliser la vitesse volumique de formation d'un produit lors d'une transformation chimique ?
- Comment faire tenir en équilibre sur un doigt un plateau sur lequel reposent plusieurs verres ?
- Comment mesurer l'intensité d'un séisme ?
- Comment utiliser un langage de programmation pour comprendre le phénomène des marées ?

Accrochez !

La formulation de votre question doit être accrocheuse et explicite.

- Comment calculer le point de croisement de deux véhicules ayant des mouvements rectilignes uniformément variés ?
- Comment modéliser les mouvements d'un pendule pesant ?

Crédits photographiques

13 : Istock / LanaStock ; **18h :** iStock/Yumi mini ; **18b :** Adobe Stock/Amnatdpp ; **22 :** BIS / Ph. © Archives Nathan ; **23 :** AIEA/Greg Web ; **38 :** Water Corporation/Suez/Perth Seawater ; **83 :** Françoise Brénon ; **84 :** Istock/Gorodenkoff Productions ; **93g :** D.R. /Editions Nathan ; **93m :** D.R. ; **93d :** Istock/Izabela Habur ; **94h :** Shutterstock/Gorodenkoff ; **94m :** AdobeStock/©Pixel-Shot ; **99g :** Leemage/Heritage Images ; **99d :** Photo12/Alamy/Science History Images ; **101g :** Istock/Kalinyuk Vladimir ; **101d :** Istock/(c) All Rights Reserved ; **106 :** Adobe Stock/PhotoAlto ; **108 :** AdobeStock/Andrey Popov ; **113 :** iStock ; **117 :** Adobe Stock/Nomad_Soul ; **122 :** SPL/Adam Nieman ; **125 :** Adobe Stock/Benis ; **130 :** BIS/Ph. © Ministère de la Culture et de la Communication, Direction régionale des affaires culturelles de Rhône-Alpes, Service régional de l'archéologie ; **131 :** Genon Mathieu ; **134 :** CEA Saclay 1996 ; **136 :** iSTock/Ibusca ; **141 :** SPL/PASIEKA ; **142 :** Istock/Anton Opperman

MIXTE
Papier issu de sources responsables
FSC
www.fsc.org
FSC® C022030

Nathan est un éditeur qui s'engage pour la préservation de son environnement et qui utilise du papier composé de fibres naturelles, renouvelables, fabriquées à partir de bois provenant de forêts gérées de manière responsable et contrôlée.

N° de projet : 10266962 - Dépôt légal : janvier 2021
Achevé d'imprimer en janvier 2021 par l'Imprrimerie Estimprim 25110 Autechaux, France.